EMILY

ALTER 12

INTERESSEN:
Musik hören, lesen, chatten,
Freunde treffen

LIEBLINGSSPORT:
Turnen

LIEBLINGSFARBE: alle Pastelltöne
LIEBLINGSMUSIK: Balladen
LIEBLINGSFILM: Ostwind
LIEBLINGSTIER: Pferd

50 KG

EIGENSCHAFTEN:
kontaktfreudig, humorvoll,
kann mit Außerirdischen kommunizieren

MARVIN

ALTER 11

GRÖßE 148 cm

INTERESSEN:
Astronomie, Science-Fiction,
Weltraumtechnik, Computerspiele

LIEBLINGSSPORT:
Tischtennis, Schwimmen, Achterbahn fahren

LIEBLINGSFARBE: dunkles Violett
LIEBLINGSMUSIK: elektronische Musik
LIEBLINGSFILM: Star Wars, Star Treck
LIEBLINGSTIER: Delphin

41 KG

EIGENSCHAFTEN:
sehr guter Computer Gamer

Andreas Schlüter

Spacekids

Attacke aus dem All

© Christian Kalnbach

Andreas Schlüter, geboren 1958 in Hamburg, arbeitete zunächst als Journalist und Fernsehredakteur, ab 1996 dann hauptberuflich als freier Autor. Seither sind von ihm zahlreiche Kinder- und Jugendbücher erschienen, u. a. auch die Erfolgsserie ›Level 4 – Die Stadt der Kinder‹. ›Attacke aus dem All‹ ist das zweite Abenteuer der Spacekids. Der Autor lebt und arbeitet in Hamburg. Weitere Informationen unter www.aschlueter.de

Was bisher geschah

Nach einem Sprung in einen See tauchen Perry, Lea, Emily und Marvin an Bord eines gigantischen Raumschiffs im Jahr 2200 wieder auf! Kurs: Kids' Planet, unbewohnter Ersatzplanet der Erde irgendwo in einer fernen Galaxie. Es ist eine äußerst gefährliche Mission, aber die Zukunft der Menschheit steht auf dem Spiel. Die vier sollen im Auftrag der Weltraumzentrale der Androiden den Planeten erforschen und besiedelungsfähig machen. Doch niemand ahnt, dass sie hier nicht willkommen sind – denn Kids' Planet ist alles andere als unbewohnt. Venomier, feindlich gesinnte Außerirdische, sagen den Kindern den Kampf an. Unterstützt von Androide VIUA, Robotervogel Specht und einer Besatzung aus Asien, setzen sich die vier Spacekids erfolgreich zur Wehr.

Doch schon droht neue Gefahr: Eine Gruppe Venomier ist auf der Erde gelandet, um auch dort ihr Unwesen zu treiben. Perry, Lea, Emily und Marvin müssen schleunigst zurück auf die Erde, um die Außerirdischen ausfindig zu machen und zu stoppen.

Der Auftrag

Perry schüttete Cornflakes in seine Schüssel, nahm einen Löffel Zucker aus der Dose und wollte ihn gerade drüberstreuen, als er unwillkürlich stutzte. Zucker – die Leibspeise der Venomier!

Sofort musste er an das Volk von Außerirdischen denken, das vom Planeten Venom stammte und den Menschen äußerst feindlich gesinnt war. Das hatten Perry und seine Freunde während ihres Aufenthalts auf Kids' Planet am eigenen Leib zu spüren bekommen. Nach Information der geheimen Weltraumzentrale der Androiden war vor Kurzem eine unbekannte Zahl von Venomiern auf der Erde angekommen, ohne dass man wusste, was sie genau vorhatten. Man vermutete jedoch, dass die Außerirdischen planten, das Kids'-Planet-Projekt zu sabotieren, um zu verhindern, dass weitere Kinder – und später auch Erwachsene – den Ersatzplaneten erreichen und besiedeln könnten. Würde dieses Vorhaben in die Tat umgesetzt, hätte das verheerende Folgen für die gesamte Menschheit. Denn der Erde drohten furchtbare Umweltkatastrophen und niemand wusste, ob es gelingen würde, diese noch abzuwenden. Aus diesem Grund war der Aufbau einer neuen Zivilisation auf Kids' Planet überlebenswichtig für die Menschen.

Leider steckten die Venomier in einem vergleichbaren Dilemma. Auch sie benötigten den erdähnlichen Planeten als Ausweichstation, hatten allerdings nicht die Absicht, ihn zu teilen. So viel war schon deutlich geworden. Stattdessen hatten die Außerirdischen den Menschen den Krieg erklärt, allen voran den Kindern der Spacekids-Crew, die aus Perry, seiner Schwester Lea und dem Geschwisterpaar Marvin und Emily bestand. Es gab mehrere solcher Spacekids-Teams, genauer gesagt, eines auf jedem Kontinent.

Zurzeit hielt das Team aus Asien auf Kids' Planet die Stellung, während Perry und seine drei Mitstreiter auf die Erde zurückgeschickt worden waren, um die Venomier hier aufzuspüren und ihre Pläne zu durchkreuzen.

Der Haken an der Sache war: Die Venomier sahen aus wie ganz gewöhnliche Erdenkinder, wodurch sie schwer erkennbar waren. Dass sie sich auffällig grob und unfreundlich verhielten und haufenweise Zucker aßen, reichte nicht aus, um sie sicher herausfiltern zu können. Auch unter gewöhnlichen Kindern gab es ausgemachte Stinkstiefel und nicht wenige hatten extreme Essgewohnheiten.

Venomier besaßen zwar die Gestalt von Kindern, sie waren aber keine. Sie durchliefen nicht mal eine Kindheit im menschlichen Sinne. Schon wenige Wochen nach ihrer Geburt waren sie ausgewachsen und voll entwickelt. Ein Phänomen, das man sonst nur aus dem Tierreich kannte. Überhaupt wiesen die Venomier gewisse Ähnlichkeiten mit irdischen Tieren auf, vor allem mit Ameisen: Alle Venomier hatten innerhalb ihrer Gemeinschaft eine feste Aufgabe; sie handelten organisiert und stellten sich voll und ganz in den Dienst der Gruppe – das einzelne Individuum zählte nichts. Die Außerirdischen würden nicht zögern, sich selbst zum Wohl der Gruppe zu opfern, einen verletzten Artgenossen ließen sie jedoch achtlos liegen. Die Gemeinschaft konnte einfach niemanden gebrauchen, den sie durchfüttern musste, ohne einen produktiven Nutzen daraus zu ziehen. Insofern funktionierte der Venomierstaat wie eine gut geölte Maschine – war eines der Schräubchen kaputt, wurde es einfach ausgetauscht. Sehr effizient, aber herzlos.

Noch während Perry in Gedanken versunken auf den Löffel starrte, öffnete sich die Küchentür. Erschrocken fuhr er zusammen.

Herein kam aber kein zuckerhungriger Venomier, sondern seine Schwester Lea. In der Hand trug sie ein Glas mit lebenden Mücken – das Futter für ihre beiden Eidechsen Kim und Kim.

Perry verzog das Gesicht. »Muss das beim Frühstück sein?«

Lea ließ sich nicht aus der Ruhe bringen. »Ich hab schon längst gefrühstückt, Trödelheini! Beeil dich, wir wollen los!«

»Häh? Wohin denn?«

Lea füllte Wasser in eine kleine Schale. »Na, wohin wohl? Ins Strandbad natürlich! Wir treffen uns dort mit Emily und Marvin.«

Sie drehte den Wasserhahn ab und ging samt Schälchen und Mückenglas aus der Küche.

»Ins Strandbad?«, rief Perry ihr hinterher. »Hast du mal aus dem Fenster geguckt? Es regnet!«

Überraschenderweise tauchte Leas Kopf wieder in der Küchentür auf. »Na und? Glaubst du, die Venomier lassen sich davon abhalten? Wie du weißt, gehen wir ja nicht zum Vergnügen dorthin.«

Ihr Kopf verschwand wieder.

Ja, das wusste Perry nur allzu gut. Die Spacekids vermuteten nämlich, dass sich die Außerirdischen im Strandbad versteckt hielten. Zurzeit waren Ferien und bei warmem Wetter wimmelte es dort von Besuchern – ein perfekter Ort also, um sich inmitten vieler Menschen zu tarnen. Außerdem lag irgendwo im Badesee in der Nähe des Sprungturms der verborgene Eingang zum Zeittunnel – der einzige Weg, um zum Kids' Planet zu reisen. Der Ersatzplanet war so weit von der Erde entfernt, dass sich die Distanz nur mit einer Reise durch die

Zeit überwinden ließ. Wollte man durchs All dorthin fliegen, würde das viel zu lange dauern; bis man sein Ziel endlich erreicht hätte, wäre man bereits mehr als hunderttausend Jahre tot.

Auch die Spacekids waren durch den Zeittunnel zum Kids' Planet gereist und auf gleichem Weg zurückgekehrt. Dennoch wussten sie weder wie das Ganze funktionierte noch wo sich der Tunneleinstieg unter Wasser genau befand. Die Venomier wussten das ebenso wenig. Und das sollte auch so bleiben.

Perry goss Milch in seine Schüssel und begann, die Cornflakes zu löffeln. Mit vollem Mund rief er seiner Schwester zu: »Aber bei dem Wetter ist doch kein Schwein im Freibad! Da fallen wir doch auf!«

»Die Venomier aber auch.«

Perry schrak erneut zusammen. Denn die Antwort war nicht von seiner Schwester gekommen. Er drehte sich um und sah einen Specht am gekippten Küchenfenster. Er passte gerade so durch den schmalen Spalt.

»Specht!«, begrüßte Perry den Vogel, der keiner war, sondern ein Roboter in Vogelgestalt, entwickelt und programmiert mithilfe von Zukunftstechnologien, die der Gegenwart zweihundert Jahre voraus waren. An Bord des Raumschiffs hatte Specht die Funktion des Cheftechnikers inne. Er war also ein hoch qualifizierter Ingenieur, den die Androiden aus der Zentrale den Kindern zur Unterstützung geschickt hatten.

»Specht ist da!«, rief Perry so laut, dass seine Schwester ihn in ihrem Zimmer hören konnte.

Lea hatte ihre Eidechsen fertig gefüttert und kam in die Küche zurück.

»Pst!«, mahnte sie ihren Bruder. »Das muss ja nicht gleich das ganze Viertel mitbekommen.« Dann wandte sie sich an den Robotervogel. »Hallo, Specht!«

Statt die Begrüßung zu erwidern, kam Specht gleich zur Sache. Höflichkeit war ihm nicht einprogrammiert worden.

»Emily und Marvin sind bereits unterwegs«, sagte er. »Ihr seid spät dran.«

»Ach was!«, brummte Perry. »Bist du jetzt auch noch ein sprechender Wecker? Ich habe eben erst erfahren, dass wir verabredet sind. Lea sagt einem ja nichts.«

Fasziniert betrachtete Perry die künstlichen Federn des Vogels, die knochentrocken schienen, obwohl Specht gerade durch strömenden Regen geflogen war. Er überlegte, ob der Roboter wirklich echt genug aussah. Die Zentrale hatte vorgeschlagen, dass Specht während seines Aufenthalts auf der Erde bei ihm und Lea unterkam. Doch Perry befürchtete, dass ihre Eltern sofort bemerken würden, dass er kein natürlicher Vogel war. Specht war deutlich größer als seine normalen Artgenossen.

Noch ehe Perry seine Bedenken laut äußern konnte, kam Lea ihm zuvor.

»Du kannst auf gar keinen Fall hierbleiben«, stellte sie fest. »Du bist viel zu auffällig. Am besten, du nistest dich im Freibad in irgendeinem Baum ein. So kannst du uns auch rund um die Uhr auf dem Laufenden halten, was die Venomier so treiben.«

»Ist längst geschehen«, antwortete Specht. »Es gab erst Probleme mit ein paar dort ansässigen Krähen. Aber mittlerweile habe ich ein Plätzchen gefunden.«

»Du hast gegen Krähen gekämpft?«, fragte Perry amüsiert. Aber Specht antwortete nicht darauf.

Lea schmunzelte. Dann fragte sie: »Wie lange bist du schon vor Ort?«

»Seit gestern Abend«, antwortete Specht. »Venomier habe ich jedoch noch keine gesichtet. Die Zentralandroiden gehen weiter davon aus, dass sie sich in der Schule aufhalten. Ihr sagt, sie verstecken sich im Freibad. Welche Beweise gibt es dafür?«

Lea zuckte mit den Schultern. »Keine. Ist nur so ein Gefühl.«

»Gefühl?«, fragte Specht. Er kannte zwar das Wort, doch seine Bedeutung war ihm fremd. Wie konnte man eine Entscheidung auf ein *Gefühl* gründen?

»Wir Menschen können so etwas, Specht. Glaub's mir!«, sagte Lea.

»Glauben?« Noch so ein Konzept, mit dem ein Roboter nichts anfangen konnte.

»Vergiss es!«, seufzte Lea und bereute es sofort. Auch *vergessen* konnte ein Roboter nicht, es sei denn, man löschte Datensätze. »Los, komm, Perry, wir schauen uns jetzt mal selbst im Freibad um.«

Mittlerweile hatte Perry seine Cornflakes aufgegessen und war aufbruchsbereit, auch wenn er bezweifelte, bei dem miesen Wetter überhaupt irgendjemanden im Freibad anzutreffen.

Als die vier Spacekids wenig später ihr Ziel erreichten, stellte Perry fest, dass er falsch vermutet hatte. Auf der Fünfundzwanzig-Meter-Bahn neben dem Betonufer trainierten ein paar Sportschwimmer und weiter hinten auf der Liegewiese war eine Gruppe von Jungen mit Müllsammeln beschäftigt.

»Die sind nur hier, um sich Freikarten zu verdienen«, sagte Marvin.

Lea nickte und ließ ihren Blick weiter Richtung Wasser wandern.

Auch Perry konnte nichts Ungewöhnliches entdecken. So weit sah für ihn alles normal aus.

»Na ja. Vielleicht sind das aber auch getarnte Venomier?«, meldete Emily sich plötzlich zu Wort.

Sofort horchten ihre Freunde auf. Den Androiden zufolge besaß Emily die besondere Fähigkeit, mit Außerirdischen zu kommunizieren und ihre Anwesenheit zu erspüren. Eine Begabung, von der Emily selbst bisher jedoch noch nicht allzu viel gemerkt hatte. Trotzdem versetzte ihre Skepsis sie alle in Alarmbereitschaft.

Hatten Emilys feine Antennen gerade eben etwa eine wichtige Spur aufgenommen?

Seltsame Jungs

Lea sah misstrauisch zu den Jungen hinüber, die eifrig Papierreste vom Rasen klaubten.

»Das wäre wirklich keine schlechte Tarnung«, überlegte sie laut. »So könnten sie sich selbst bei miesem Wetter wie heute unauffällig im Freibad bewegen.«

Die vier Spacekids hatten auf Kids' Planet ein paar Venomier kennengelernt, doch keinen davon erkannten sie jetzt wieder. Trotzdem konnten die Jungs hier natürlich Venomier sein.

»Wir könnten sie auf die Probe stellen«, schlug Marvin vor. »Wir bieten ihnen einfach etwas zu essen an.«

Wie sie bereits wussten, aßen die Venomier kein herkömmliches Essen. Sie ernährten sich ausschließlich von Zucker.

»Was ist das denn für ein behämmerter Vorschlag!«, meckerte Emily los. »Wir können in den nächsten Tagen doch nicht jedem Kind hier im Freibad Pommes oder Würstchen spendieren!«

»Soweit ich sehen kann, sind es im Moment nur vier oder fünf Jungs«, widersprach Marvin. »Wir geben ihnen eine Portion Pommes aus, und sollten sie die nicht wollen, dann esse ich sie eben.«

Emily verpasste Marvin einen Klaps auf den Hinterkopf.

»Ey, lass das!«, beschwerte sich Marvin und stieß seine Schwester beiseite.

»Hey! Schluss damit!« Lea hatte im Weltall die Position des Captains inne und rief nun auch hier ihre Freunde zur Ordnung. »Ihr spinnt wohl! Marvins Vorschlag ist gar nicht mal so schlecht. Andererseits: Nicht jedes Kind, das Pommes ausschlägt, ist automatisch ein Außerirdischer!«

»Find ich schon«, entgegnete Marvin.

»Quatsch!«, erwiderte Lea leicht ungehalten. »Kommt, wir sehen uns die Typen mal von Nahem an.«

Die Mädchen gingen mit großen Schritten voran und Perry und Marvin dackelten ihnen hinterher. Lea hielt zielstrebig auf einen Jungen zu, den sie auf dreizehn Jahre schätzte, genauso alt wie sie selbst.

»Hallo!«, sagte sie. »Echt nett von dir, dass du hier den Müll wegmachst.«

Der Junge blickte auf und grinste. »Tue ich gern. Für eine Woche Müllsammeln kriege ich nämlich eine Freikarte.«

»Das ist ja super!«, sagte Lea. Obwohl sie erst wenige Worte gewechselt hatten, war sie sich sicher, dass der Junge kein Venomier war. Die schafften es nämlich nicht, freundlich zu sein, sondern verhielten sich wortkarg, mürrisch, übel gelaunt und patzig.

»Und dein wievielter Tag ist das heute?«

»Mein letzter!« Der Junge strahlte sie an. »Ab morgen soll das Wetter auch wieder besser werden. Da kommt meine Freikarte wie gerufen!«

»Sag mal«, setzte Lea an. »Ist dir in dieser Woche hier eigentlich irgendwas Ungewöhnliches aufgefallen?«

Der Junge schüttelte den Kopf. »Nö. Wieso? Was meinst du?«

»Ach nix, nur so.« Lea kam zu dem Schluss, dass die Unterhaltung sie nicht wirklich weiterbrachte. Sie wollte sich gerade verabschieden, doch da fasste Emily noch einmal nach.

»Wir waren verreist und sind heute erst zurückgekommen«, sagte sie. »Ich habe gehört, das Wetter war die ganze Woche lang so mies. Stimmt das?«

Der Junge nickte. »Ja, aber zum Arbeiten war's voll okay. Und ab morgen scheint ja wieder die Sonne!«

»Ach so. Na dann!«, sagte Emily. Sie zog Lea ein Stück beiseite.

»Der ist viel zu freundlich für einen Venomier!«, flüsterte Lea ihr zu.

Aber Emily beschäftigte etwas ganz anderes. »Wir sind gestern doch an genau denselben Zeitpunkt hier ins Freibad zurückgekehrt, an dem uns die Androiden abgeholt hatten, richtig?«

Lea nickte. Das war ja das Verrückte an diesem Zeittunnel: Ohne dass sie wussten, wie, waren die vier Freunde nach einem Sprung vom Dreimeterbrett in den See verschwunden und dann – Wochen später – zum selben Zeitpunkt wieder aus dem Wasser aufgetaucht. So als wäre die Zeit auf der Erde stehen geblieben, während sie im Raumschiff gereist und auf einem fremden Planeten Abenteuer bestanden hatten. Deshalb hatten ihre Eltern auch nicht bemerkt, dass sie wochenlang gar nicht da gewesen waren.

»Aber als wir geholt wurden, hat die Sonne geschienen. Und davor war's auch die ganze Zeit schön. Die Woche mit dem schlechten Wetter, von der der Typ gerade geredet hat ... die hat es nie gegeben«, raunte Emily.

Lea verschlug es die Sprache. Emily hat recht!

Perry und Marvin starrten zu dem Jungen hinüber. Er hatte also gelogen oder Emily einfach nach dem Mund geredet, weil er vergangene Woche gar nicht hier in dieser Stadt, in diesem Schwimmbad gewesen war, sondern weit entfernt in einer fremden Galaxie.

Marvin beschloss, einen weiteren Versuch zu starten.

»Hey!«, rief er dem Jungen zu. »Ich hole mir eine Portion Pommes. Willst du auch eine? Ich gebe eine Runde aus!«

Der Junge stutzte. »Äh ... okay.«

Marvin sah die anderen an, die ihm stumm zunickten. Dann stiefelte er los Richtung Kiosk.

Und kam kurz darauf enttäuscht zurück. »Der hat noch geschlossen!«

Womöglich hatte der Junge das ja genau gewusst? »Ach, schade!«, sagte er.

Lea bezweifelte, dass der Junge es ernst meinte. Sie hatte mehr und mehr den Verdacht, dass sie es hier womöglich doch mit einem Venomier zu tun hatten.

Und wie verhielt es sich umgekehrt? Ahnte er womöglich auch, dass sie zu den Spacekids gehörten?

»Okay«, sagte Lea. Sie wollte sich jetzt so schnell wie möglich loseisen, um mit den anderen in Ruhe reden zu können. »Wir ziehen dann mal weiter.«

»Wohin?«, fragte der Junge.

Lea drehte sich wieder zu ihm um. »Wie bitte?«

»Wo ihr hinwollt?«, fragte der Junge. »Es fängt doch bestimmt gleich wieder an zu regnen. Gewittern soll's später auch noch. Schwimmen ist da ja verboten. Was wolltet ihr eigentlich hier?«

Lea fühlte sich ertappt. Verdammt, jetzt war sie es, die sich schnell eine Ausrede einfallen lassen musste.

»Äh …« Krampfhaft überlegte sie, was sie antworten könnte.

»Wir wollen auch nach einem Ferienjob fragen«, kam Perry ihr geistesgegenwärtig zu Hilfe. Lea warf ihm einen dankbaren Blick zu.

»Ja, und wir dachten, der Bademeister wäre hier hinten irgendwo bei euch«, fügte Marvin hinzu.

»Nein«, sagte der Junge. »Der Bademeister steht doch da vorn am Kiosk.« Er sah Marvin an. »Den hättest du doch eigentlich sehen müssen.«

»Äh«, machte Marvin.

Emily stieß einen leisen Fluch aus, packte Marvin am Arm, verabschiedete sich kurz von dem Jungen und schleifte ihren Bruder mit sich mit, bis sie außer Hörweite waren.

Lea und Perry eilten ihnen hinterher.

»Oh Mann!«, schimpfte Emily mit gedämpfter Stimme. »Wie kann man nur so blöd sein? Der hat doch voll gemerkt, dass du lügst!«

»Wir haben uns alle nicht besonders schlau angestellt«, versuchte Lea zu beschwichtigen. »Wir sind zwar ausgebildete Astronauten und haben auch das Zeug, einen fremden Planten zu besiedeln, aber undercover zu ermitteln, das müssen wir noch üben.«

»Stimmt«, entgegnete Perry. »Trotzdem haben wir einen Venomier aufgespürt, so wie's aussieht. Und genau das war doch unsere Aufgabe!«

»Vorausgesetzt, er ist *wirklich* einer«, warf Emily ein.

»Hast du denn daran noch Zweifel?«, fragte Lea nach. »Ich meine, du bist doch diejenige mit den besonderen Antennen für Außerirdische?«

»Ich weiß«, seufzte Emily. »Jedenfalls behaupten die

Androiden das immer. Ich selbst merke nicht so viel davon.«

»Also«, warf Perry in die Runde. »Wie geht's jetzt weiter?«

Er drehte den Kopf nach hinten, um noch mal nach dem Jungen zu sehen. Doch da war niemand mehr.

»Mensch, der Typ ist weg!«

Und nicht nur er war verschwunden. Keiner der Jungen, die eben noch Papier gesammelt hatten, war mehr zu sehen. Die Liegewiese war menschenleer.

»Das gibt es doch nicht!« Perry schaute sich hektisch nach allen Seiten um. »Die haben doch eben noch da drüben gestanden, genau neben dem Busch.«

Lea kratzte sich nachdenklich am Kopf. »Sagt mal, müsst ihr da auch gleich an den Zeittunnel denken?«, fragte sie. »Bei unserer Entführung zum Kids' Planet sind wir doch genauso plötzlich verschwunden.«

»Wir sind aber vorher in den See gesprungen«, entgegnete Marvin und ließ seinen Blick über die Wasseroberfläche gleiten. »Wenn die baden gegangen wären, hätten wir das doch mitbekommen.«

»Trotzdem«, beharrte Lea. »Specht, kannst du mal über den See fliegen und nachschauen?«

Sie ärgerte sich, dass sie kein Fernglas zur Hand hatte. Auf Kids' Planet hatten sie immer Raumanzüge oder Overalls an, die mit allerlei Nützlichem ausgestattet waren. Hier auf der Erde waren sie jedoch ganz normal angezogen wie alle anderen Kinder auch: Lea mit

Spaghettiträgertop und knallgrünen Hotpants, Emily mit kurzer Hose und orangefarbenem Oberteil. Die Jungs trugen jeweils Cargo-Shorts und dazu T-Shirts.

»Specht?«, rief Lea noch mal. *Mist!*, dachte sie. *Nie ist der verflixte Roboter da, wenn man ihn braucht!*

Doch diesmal irrte sie sich.

»Da!« Perry zeigte auf einen Vogel, der über dem See kreiste.

Die Kinder holten ihre Smartphones hervor und öffneten eine Spezial-App, die weltweit niemand außer ihnen besaß. Mit ihrer Hilfe konnten sie nicht nur Kontakt zur Weltraumzentrale der Androiden aufnehmen, die Tausende Lichtjahre von ihnen entfernt im All schwebte, sondern auch auf die kabellose Kamera zugreifen, die in Spechts Augen integriert war.

Specht scannte die Wasseroberfläche ab und die Kinder konnten alles, was er sah, auf ihren Displays mitverfolgen. Viel schlauer wurden sie dadurch allerdings nicht. Denn nach wie vor war nichts Ungewöhnliches zu entdecken. Wo steckten nur diese Papiersammler?

»Wolltet ihr euch nicht um einen Job bewerben?«, sagte plötzlich eine Stimme hinter ihnen.

Vor Schreck fiel Emily fast das Smartphone aus der Hand. Die Kinder fuhren herum. Vor ihnen stand der fremde Junge von eben.

»Äh ... ja«, stotterte Lea verdattert. »Wo kommst du denn plötzlich her?«

»Ich?«, fragte der Junge. »Ich war doch die ganze Zeit hier.«

»Äh …!« Auf diese offensichtliche Lüge fiel Lea so schnell nichts ein.

Perry dagegen kam gleich zur Sache. »Warst du gerade im Wasser?«, fragte er.

»Ich?«, antwortete der Junge verdutzt. »Nee, wir müssen noch weiter aufräumen. Es soll doch gleich gewittern.«

Jetzt entdeckte Perry ein Stück weiter hinten auch die anderen Papiersammler, die fleißig bei der Arbeit waren. Was war hier los? Das war ja reinste Zauberei! Aber so etwas wie Zauberei gab es nicht. Sie mussten der Sache auf den Grund gehen.

»Echt, Gewitter?«, hakte Perry entschlossen nach. »Also, meine App sagt nichts von Gewitter. Wir wollten gerade eine Runde schwimmen gehen!«

Der Junge schaute zum Himmel hinauf.

»Da kommen doch höchstens noch ein paar Tropfen runter«, fuhr Perry fort. »Und bei Regen fühlt sich das Wasser immer gleich viel wärmer an. Kommt doch auch mit rein!«

Lea und Emily wechselten stumm einen Blick. Sollte das ein Witz sein?

Aber Perry war schon dabei, T-Shirt und Shorts auszuziehen. Im Sommer trug er stets eine Badehose unter seinen Sachen, damit er jederzeit spontan ins Wasser hüpfen konnte. Marvin machte es genauso.

Blitzschnell legte nun auch er seine Klamotten ab und trat ans Ufer.

Perry zwinkerte den Mädchen zu. Lea wusste, was ihr Bruder damit sagen wollte: Er würde sich unter Wasser nach verdächtigen Aktivitäten umschauen. Ein nicht ganz ungefährliches Vorhaben.

»Passt auf euch auf!«, sagte sie mit ernster Miene.

»Scheint ja mächtig gefährlich zu sein, hier schwimmen zu gehen«, sagte der fremde Junge, hörbar bemüht, amüsiert zu klingen.

Lea fand allerdings, dass er nicht sehr überzeugend wirkte, und erwiderte nichts. Falls er kein Venomier war, musste ihm das Verhalten der vier Kinder in der Tat reichlich komisch vorkommen. Falls er doch einer war, spielte er seine Rolle ziemlich gut, auch wenn sie ihn natürlich durchschaute. Zumindest glaubte Lea das.

Perry und Marvin tauchten ins Wasser ein und schwammen los.

Emily und Lea sahen ihnen vom Ufer aus zu. Gerne hätten sie ihre Smartphones gezückt und die Übertragungsbilder von Spechts Kamera aufgerufen, doch der fremde Junge wich ihnen nicht von der Seite.

»Sag mal, hast du nicht noch zu tun?«, fragte Lea leicht ungeduldig.

Der Junge hob beschwichtigend die Hand, nickte ihr kurz zu und entfernte sich – allerdings nur ein paar Meter. Dann blieb er stehen und klaubte mikrobenkleine Schnipsel vom Boden auf. Klarer Fall: Er wollte weiter in der Nähe der Mädchen bleiben und den See im Auge behalten.

Irgendwie mussten sie ihn ablenken. Lea hatte eine Idee: Sie setzte ihr verführerischstes Lächeln auf, das sie vor einiger Zeit mal extra vorm Spiegel einstudiert hatte, um einen zwei Jahre älteren Jungen auf sich aufmerksam zu machen. Was jedoch mächtig schiefgegangen war. Egal. Sie würde es jetzt einfach noch mal versuchen und den Papiersammler damit gleichzeitig auf die Probe stellen. Wenn er ein Venomier war, würde er Leas Flirtversuche vermutlich nicht einmal bemerken. Ein Menschenjunge aber würde mit hoher Wahrscheinlichkeit irgendeine Reaktion zeigen.

Unterdessen wurde den Jungs im Wasser immer mulmiger zumute. Wenn sie nun wieder in den Zeittunnel gezogen und entführt würden, diesmal aber von den Venomiern? Doch waren die dazu überhaupt in der Lage?

Der Zentrale zufolge waren die Venomier durch den Zeittunnel auf die Erde gekommen, ohne zu wissen, wie er funktionierte oder wo sich genau der Eingang befand. Perry vermutete deshalb, dass die Außerirdischen eine Art undichte Stelle im Zeittunnel gefunden hatten, die sie nutzten. Vielleicht so, wie wenn man eine unbemerkte Lücke in einem elektrischen

Hochsicherheitszaun entdeckt: Man kann durch den Zaun hindurch, ohne ihn aus- und wieder einschalten zu müssen. Wenn das stimmte, konnten die Venomier möglicherweise irgendwo durch dieses Leck in den Zeittunnel einsteigen und sich auf die Erde ins Freibad befördern lassen und auf dem Rückweg auf die gleiche Weise wieder aussteigen.

Bisher waren Perry und seine Freunde davon ausgegangen, dass die Androiden den Transport durch den Zeittunnel im Freibad in Gang setzten. Aber möglicherweise startete er auch ganz automatisch, sobald man durch eine bestimmte Lichtschranke oder Ähnliches trat?

Zurzeit waren das alles nur Spekulationen. Perry und seine Crew wussten es einfach nicht. Noch nicht. Sie mussten die Frage, auf welche Weise die Venomier den Zeittunnel nutzten, so schnell wie möglich klären und dafür sorgen, dass die Außerirdischen wieder von der Erde verschwanden.

Perry schaute sich um. Alles schien unauffällig. Er hielt den Atem an und tauchte hinab, so tief er konnte. Doch in dem von Sand getrübtem Wasser konnte er so gut wie gar nichts sehen. Perry war geübt im Luftanhalten und tauchte mit ein paar kräftigen Zügen noch tiefer hinunter. Nichts. Er drehte um und schwamm zurück an die Oberfläche.

»Fehlanzeige!«, verkündete er.

Die Jungen überlegten kurz und beschlossen, näher

an den Sprungturm heranzuschwimmen, um auch dort nach dem Rechten zu sehen.

In der Zwischenzeit gab Lea sich alle Mühe, mit dem Papiersammler zu flirten. Allerdings schenkte dieser ihr kaum Beachtung. Immer wieder wanderte sein Blick suchend über den See. Lea war zunehmend überzeugter, dass sie einen getarnten Venomier vor sich hatte.

»Wohnst du eigentlich hier in der Nähe?«, flötete sie und hoffte, ihn ein bisschen aushorchen zu können.

»Ja!«, antwortete er knapp.

»Wo denn?«, hakte Lea nach.

»In der Nähe!«, kam lapidar zurück.

Lea beschloss, das Thema zu wechseln.

»Ist der Job hier nicht total langweilig?«, fragte sie weiter.

»Nicht dass ich wüsste.«

Komische Antwort, dachte Lea. So als hätte er ihr gar nicht richtig zugehört. Oder als hätte er die Frage nicht verstanden.

»Aha!«, sagte sie. »Na dann. Man sieht sich.«

Lea marschierte zu Emily hinüber, die noch immer am Ufer stand.

»Und?«, fragte ihre Freundin leise.

»Ich bin sicher, dass er ein Venomier ist!«

»Bloß weil er nicht mit dir flirten wollte?«, entgegnete Emily mit einem Grinsen im Gesicht.

»Nein!«, widersprach Lea und erzählte von dem kurzen Gespräch. »Mir kam's so vor, als ob er mit meiner Frage gar nichts anfangen konnte. Als ob so was wie Langeweile für ihn gar nicht nachvollziehbar wäre. Wie bei den Venomiern! Die erledigen ihre Aufgaben doch auch immer ohne Wenn und Aber – ob's Spaß macht oder langweilig ist, spielt da gar keine Rolle!«

»Hm, zur Tarnung Müll aufzusammeln wäre eigentlich eine richtig clevere Idee«, sagte Emily. »Dabei könnten sie nämlich gleich noch unauffällig nach Nahrung suchen.«

»Nahrung?«, wiederholte Lea und sah ihre Freundin fragend an. Doch dann kapierte sie: Bei schönem Wetter war das Bad voll mit Kindern. Nirgendwo sonst wurden so viele Süßigkeiten gegessen wie an einem Tag im Freibad. Die Reste blieben dann hier überall liegen. Und Süßigkeiten bestanden aus Zucker, dem Hauptnahrungsmittel der Venomier.

Auch am Sprungbrett hatten Perry und Marvin nichts Ungewöhnliches entdeckt. Alles war so wie immer. Also beschlossen sie, zum Ufer zurückzuschwimmen.

Sie kamen genau in dem Moment aus dem Wasser, als Emily rief: »Jetzt ist er schon wieder weg!«

Perry schnappte sich sein T-Shirt und trocknete sich damit ab.

»Eben noch hat er da neben dem Busch gestanden und jetzt ist er weg. Genau wie vorhin. Das gibt's doch nicht!«

Lea sah sich suchend um. »Und alle anderen auch. Verschwunden wie von Geisterhand!«

»Die Venomier sind Außerirdische, aber keine Geister«, sagte Marvin.

»Genau«, pflichtete Perry ihm bei. »Trotzdem – wo sind sie hin?«

»Keine Ahnung!« Marvin war ebenso ratlos wie die anderen.

»Und jetzt?«, fragte Emily.

Lea überlegte. »Irgendwann tauchen sie schon wieder auf. Spätestens, wenn sie Hunger haben!«

»Ach ja? Und wann soll das bitte schön sein?«, fragte Marvin.

»Ich schätze, ungefähr in fünfzehn Stunden«, entgegnete Lea gelassen. »Auf Kids' Planet war es jedenfalls Mitternacht, als ich sie in der Küche entdeckt habe. Da war dann das große Zuckerfressen angesagt! Und wo das hier stattfinden könnte, kann ich mir auch schon denken.« Ihr Blick wanderte zum Kiosk hinüber. »Da drinnen gibt's Berge von Süßigkeiten. Würde mich nicht wundern, wenn die Venomier sich heute Nacht darüber hermachen!«

Perry wusste sofort, worauf seine Schwester hinauswollte. »Du meinst, wir sollen uns hier nachts auf die Lauer legen?«

Emily und Marvin sahen sie entgeistert an.

»Dir ist aber schon klar, dass wir wieder in Berlin und unsere Eltern zu Hause sind?«, wandte Perry ein.

»Wir können hier nicht einfach mal locker um Mitternacht aus dem Haus spazieren. Wir sind nicht mehr auf Kids' Planet!«

»Aber wir sind die Spacekids – gut ausgebildete Astronauten und Agenten mit der Mission, die Erde zu retten«, erwiderte Lea voller Inbrunst. »Oder willst du unseren Planeten mitsamt der ganzen Menschheit einfach untergehen lassen, nur weil wir um neun ins Bett müssen?«

Das brachte die Freunde zum Lachen, auch wenn ihnen der Ernst der Lage natürlich voll bewusst war.

Und dann verabredeten sie sich für Punkt Mitternacht.

Gefährliche Entdeckung

Um zehn vor zwölf ging's los. Perry hatte immer noch kein gutes Gefühl dabei, sich nachts heimlich aus dem Haus zu schleichen. Doch sie hatten keine andere Wahl. Niemals hätten ihre Eltern ihnen solch eine nächtliche Tour erlaubt oder gar geglaubt, dass ihre Kinder von Androiden aus der Zukunft auserwählt worden waren, die Menschheit zu retten.

Ihre Eltern waren noch nicht zu Bett gegangen, aber Lea und Perry konnten nicht länger warten. Sie wollten nicht den Flur entlang am Wohnzimmer vorbeischleichen, und so kletterten sie so leise wie möglich aus Leas Fenster und dann am Fallrohr hinunter, bis sie in dem großen Rosenbusch landeten, den ihre Mutter im Sommer immer fleißig goss. Für den Rückweg hatte Lea ein dünnes, aber starkes Seil an eine Schelle des Fallrohrs gebunden. Allerdings hatte sie keine Ahnung, ob sie auch halten würde.

Für den Fall, dass ihre Eltern noch mal einen Blick in die Kinderzimmer warfen, hatten Lea und Perry zwei Fußbälle auf die Kopfkissen gelegt und zusammengerollte Badehandtücher unter die Zudecken gestopft, damit es so aussah, als würden sie in ihren Betten liegen. Die Täuschung funktionierte allerdings nur, solange ihre Eltern nicht näher herangingen.

Marvin und Emily hatten ähnliche Vorkehrungen getroffen, und so versammelten sich die vier in Astronauten-Overalls gekleidet vor dem Eingang des Freibads, ausgerüstet mit Smartphones und Taschenlampen. Perry und Marvin hatten sogar Messer mitgebracht. So fühlten sie sich sicherer. Die Mädchen hielten das für eine Schnapsidee.

»Und im Ernstfall stecht ihr damit zu, oder wie?«, fragte Lea und tippte sich mit dem Zeigefinger an die Stirn.

»Nein, aber im Ernstfall haben wir Werkzeug dabei, falls wir uns irgendwie befreien müssen«, konterte Marvin gelassen und präsentierte stolz sein Schweizer Taschenmesser, das zwölf Funktionen hatte.

Emily verzog das Gesicht. »Wirklich toll, Marvin, dass du für den Notfall eine Nagelfeile dabeihast!«

»Abwarten!« Marvin ließ sich nicht aus der Ruhe bringen.

»Also, wie kommen wir jetzt ins Freibad?«, fragte Lea in die Runde. »Da hinten über den Zaun?«

Perry schüttelte den Kopf. »Der ist oben zusätzlich mit Stacheldraht gesichert. Da kommen wir nicht rüber.«

»Wie wär's mit einer Nagelfeile?«, entgegnete Marvin mit triumphierendem Unterton. Wozu hatte er denn als Spacekid-Astronaut eine hoch spezialisierte technische Ausbildung bekommen? Er war in der Lage, frei schwebend im Weltraum von außen ein Raumschiff zu reparieren, notfalls auch mit Behelfswerkzeug. Da war es für ihn doch wohl ein Kinderspiel, das altersschwache, rostige Schloss eines Freibads aufzubekommen!

Und genauso war es auch – Marvin benötigte nicht mal dreißig Sekunden, bis sich das Schloss mit einem leisen Klick öffnete.

»So viel zur Nagelfeile.«

»Ist ja gut«, brummte seine Schwester widerwillig. »Du hattest recht. Ausnahmsweise!«

»Schon klar!«, sagte Marvin grinsend.

Die vier Kinder hatten sich schon so manches Mal ausgemalt, wie es wohl wäre, sich nachts im menschenleeren Freibad aufzuhalten. Perry stellte fest, dass es in Wirklichkeit genauso spannend war wie in seiner Vorstellung. Ihm wurde vor Aufregung richtig flau im Magen.

Diesmal hatten sie alle unter ihren Overalls Schwimmzeug an. Allerdings hoffte Perry, dass sie nicht in den See steigen müssten. Das Wasser sah pechschwarz und unergründlich aus. Dichte Wolken verdeckten den Mond und das Licht der Straßenlaternen drang nur schwach herüber. Kurzum: Es war stockfinster. Vorsichtig schlichen sie zwischen den Bäumen hindurch über die Liegewiese.

Plötzlich blieb Emily stehen. »Hört ihr das?«

Die anderen spitzten sofort die Ohren. Aber keiner vernahm irgendwas Ungewöhnliches.

In der Ferne kläffte ein Hund.

Blätterrascheln.

Das leise Plätschern des Wassers.

Von weit her wehte das Brummen eines Mopeds herüber.

Ansonsten war die Nacht still und ruhig.

»Nein!«, beharrte Emily. »Da ist etwas.«

Bei jedem anderen hätten die Kinder das Ganze als Hirngespinst abgetan. Aber nicht bei Emily mit ihrem feinen Gespür für Außerirdische. Auch sie selbst wurde sich ihrer besonderen Fähigkeit mehr und mehr bewusst. So wie jetzt. Sie hörte etwas, was die anderen nicht hörten, oder vielmehr *noch* nicht. So wie auf dem Raumschiff, als die Venomier einen telepathischen Hypnose-Angriff auf Marvin und Lea gestartet hatten. Auch da hatte Emily als Einzige ein Geräusch im All wahrgenommen.

Irgendwas lag hier in der Luft, und zwar buchstäblich. Emily spürte die Schallwellen mehr, als dass sie sie hörte.

»Also …«, begann sie zögerlich, »sollte das, was ich gerade wahrnehme, auf meine besondere Fähigkeit zurückzuführen sein, dann sind Venomier in der Nähe. Und zwar viele.«

»VIELE?«, rief Lea lauter aus als gewollt. Sie dämpfte ihre Stimme. »Wie viele?«

»Weiß ich nicht«, gestand Emily. »Ich habe nur so ein diffuses Rauschen im Kopf. Darin vermischen sich Gesprächsfetzen. Unverständlich, aber als Stimmen identifizierbar. Wie bei einer schlechten Funkverbindung.«

»Aus welcher Richtung kommen die Stimmen?«, fragte Lea.

»Ich würde sagen, die kommen von dahinten, wo der Kiosk ist.«

Lea überlegte nur kurz, bevor sie als Captain der Spacekids wieder das Kommando übernahm.

»Okay, Leute. Wir teilen uns in zwei Gruppen auf. Das ist sicherer. Marvin und ich gehen hier entlang weiter zum Kiosk. Emily und Perry, ihr schlagt einen Bogen und nähert euch von der anderen Seite.«

Sie drückte eine Sensortaste am Ärmel ihres Overalls und wenige Sekunden später landete Specht auf ihrer Schulter. Mit knappen Worten erklärte sie dem Roboter, worum es ging, und gab Anweisungen, seine Kamera auf Infrarot zu stellen und über dem Kiosk in der Luft zu kreisen.

»Wir warten erst die Bilder von Specht ab, bevor wir loslegen. Sollten zu viele Venomier in dem Kiosk sein, bleiben wir besser hier und beobachten das Ganze aus sicherer Entfernung. Also, flieg los, Specht!«

Wortlos stieg Specht in die Luft auf und nahm Kurs Richtung Kiosk. Schon nach wenigen Sekunden war er vor dem nachtdunklen Himmel nicht mehr zu erkennen.

Kurz darauf piepste es und die ersten Bilder kamen. Die Schwarz-Weiß-Aufnahmen der Nachtsicht-Kamera zeigten den Kiosk aus der Vogelperspektive. Und man sah, dass sich etwas bewegte.

»Die verlassen den Kiosk!«, glaubte Perry zu erkennen.

Emily und Marvin deuteten die Szene genauso. Eine Gruppe von Venomiern kam im Gänsemarsch aus dem Kiosk heraus.

»Sieht aus wie eine Ameisenkolonne – nur in groß!«, flüsterte Marvin.

»Irre!«, hauchte Lea. »So von oben betrachtet sehen die echt fast aus wie Ameisen, die aus dem Bau rausmarschieren.«

Der Bau! Das Versteck! Sie sollten es ausfindig machen! So lautete ihr Auftrag. Irgendwo hier in der Nähe musste es sein.

»Auf den Kamerabildern sieht man zu wenig. Lasst uns mal näher rangehen, und zwar so, wie wir's besprochen haben«, sagte Lea. »Aber passt auf. Sie dürfen uns auf keinen Fall entdecken. Wenn wir Glück haben, führen uns die Venomier direkt zu ihrem Versteck.«

Die Kinder teilten sich in zwei Teams auf und liefen los.

Ungefähr fünfzig Meter vom Kiosk entfernt blieb Lea stehen. Sie und Marvin huschten hinter eine Birke und gingen in Deckung. Von hier aus hatten sie eine gute Sicht, ohne selbst gesehen zu werden. Zumindest hofften sie das.

Erneut checkte Lea das Kamerabild auf ihrem Display. Hoffentlich reichte die Qualität, um es den Androiden in der Weltraumzentrale zu schicken. Lea spähte hinter dem Stamm hervor. Die Kolonne umfasste sechsundzwanzig Venomier, wenn sie sich nicht verzählt hatte. Sie vermutete, dass sie sich im Kiosk satt gegessen hatten und nun in ihr Nest zurückkehrten, um zu schlafen.

Lea zog den Kopf zurück und kauerte sich auf den Boden. Sie signalisierte Marvin, das Gleiche zu tun. Die Venomier kamen genau in ihre Richtung!

Und wenn die nun einen feineren Geruchssinn haben als wir und uns wittern können?, schoss es ihr plötzlich durch den Kopf. Zu spät! Jetzt mussten sie bleiben, wo sie waren. Lea konnte nur noch das Beste hoffen.

Die Kolonne marschierte in fünfzehn Metern Entfernung an ihnen vorbei. Lea kauerte sich so klein zusammen, wie es nur ging. Jetzt erkannte sie den Papiersammler von heute Vormittag. Also doch! Er war ein Venomier! Sie hatte es geahnt. Er sah so aus, als würde er im Gehen Zucker von seiner Hand aufsaugen. Ob sie wohl so in Eile waren, dass er nicht in aller Ruhe im Kiosk fertig gegessen hatte?

Währenddessen näherten sich Emily und Perry dem Kiosk von der anderen Seite. Die Venomierkolonne war ein gutes Stück von ihnen entfernt. Emily schätzte, dass die Außerirdischen sich jetzt auf gleicher Höhe mit Marvin und Lea befanden.

Die Gelegenheit schien günstig, einen Blick in den Kiosk zu werfen. *Mal sehen, was die Venomier dort gemacht haben.*

Emily tippte Perry sacht auf den Arm, dann schlichen sie bis an das kleine Seitenfenster und warfen einen Blick hindurch. Es war zu dunkel, um etwas erkennen zu können, und eine Taschenlampe anzuknipsen war zu riskant.

Emily spitzte die Ohren. Sie hörte drinnen keinerlei Geräusche. Sofern sie sich nicht täuschte, waren keine Außerirdischen mehr da, obwohl sie ihrer Begabung noch nicht so ganz traute. Sie huschte hinüber zur Eingangstür, die offen stand.

Perry folgte ihr und erkannte sofort, dass das Schloss aufgebrochen worden war. Er erinnerte sich an die beiden Venomier, die sie auf Kids' Planet in eine Kammer eingesperrt hatten. Sie hatten das Schloss einfach aus den Angeln gerissen und waren entkommen. Die Venomier verfügten über enorme Kräfte. Von Ameisen wusste man, dass sie das Dreißig- bis Fünfzigfache ihres eigenen Körpergewichts tragen konnten. Ob Venomier zu so etwas auch imstande waren?

Emily schob die Tür noch ein Stück weiter auf und schlüpfte zusammen mit Perry hindurch.

»Kannst du etwas sehen?«, fragte er.

»Nein, nur Schatten und Umrisse«, antwortete Emily. »Aber sobald sich unsere Augen an die Dunkelheit gewöhnt haben, geht's besser.«

Plötzlich wurde es im Raum heller. Emily schreckte zusammen. Hatte Perry etwa Licht angemacht? Sie wollte gerade anfangen zu meckern, als sie sah, dass die Kühlschranktür aufgegangen war.

»Mist!«, fluchte sie, hastete zur Tür und machte sie schnell wieder zu.

Obwohl der Raum nur kurz von dämmrigem Licht erhellt gewesen war, hatte Perry sich dennoch einen Überblick verschaffen können. Dabei hatte er eine erstaunliche Entdeckung gemacht.

»Hast du das gesehen? Hier steht überall schmutziges Geschirr rum«, sagte er.

»Ja, und?«, fragte Emily. »Willst du jetzt eine Runde abwaschen, oder was?«

»Quatsch! Aber wozu brauchen die Venomier denn Geschirr? Die saugen den Zucker doch einfach auf, dachte ich.«

Jetzt stutzte auch Emily. »Stimmt!«

»Ich öffne noch mal ganz schnell die Kühlschranktür«, beschloss Perry.

»Okay, aber nur kurz!«

Perry öffnete die Tür einen kleinen Spaltbreit. Gerade eben so weit, dass sie erkennen konnten, wie es um sie herum aussah.

Perry hatte richtig beobachtet: Auf den Ablageflächen, Regalborden und in der Spüle stapelten sich schmutzige Teller, dreckiges Besteck und benutzte Gläser. Sie fanden leere Ketchup- und Mayonnaise-Tütchen, Reste von Currywürsten und Kartoffelsalat. Auf dem Boden war überall Zucker verstreut. Sie hatten genug gesehen, um sicher zu sein. Perry machte die Tür wieder zu.

»Hier haben nicht nur Venomier gegessen!«, erklärte Emily.

»Ganz offensichtlich!«, bestätigte Perry. »Was aber haben normale Menschenkinder mit Venomiern zu tun? So wie's aussieht, haben die ja gemeinsam gegessen.«

»Dann besteht die Gruppe, die hier eben losmarschiert ist, aus Venomiern und Kindern«, kombinierte Emily. »Ich kann mir allerdings nicht vorstellen, dass die Kinder freiwillig mit denen mitgegangen sind, oder was meinst du?«

Perry erschrak bei diesem Gedanken. »Du glaubst, die Kinder könnten Gefangene der Venomier sein?« Er machte eine kurze Pause und dachte nach. »Aber …«, fuhr er dann fort, »das sah eigentlich nicht danach aus. Soweit ich es erkennen konnte, war zumindest niemand gefesselt oder so.«

»Sie brauchen auch niemanden zu fesseln«, entgegnete Emily. Sie tippte sich an die Stirn. »Die machen das hierüber: Gehirnmanipulation. Sie versetzen die Kinder in eine Art Hypnose und bringen sie dann weg.«

»Ach du Scheiße«, stieß Perry aus. »Du hast recht. Los, wir müssen Lea und Marvin Bescheid sagen!«

Zur selben Zeit beobachteten Lea und Marvin ahnungslos den Trupp der Venomier, der im Gleichschritt an ihnen vorbeizog. Sie warteten ein paar Sekunden, dann schlichen sie in einiger Entfernung im Schutz der Bäume hinterher.

Die Venomier marschierten ans Ufer und blieben dort stehen. Sie stellten sich beinah lautlos in Zweierreihen auf. Einer – offenbar der Anführer – baute sich vor ihnen auf, so als wollte er eine Ansprache halten, sagte aber nichts. Trotzdem schien es so, als würden alle aufmerksam zuhören.

Im Strandbad war es so still, dass Lea nicht wagte, mit Marvin zu flüstern. Mit zusammengekniffenen Augen beobachtete sie das Geschehen am dunklen Ufer. Plötzlich gaben die Wolken den Mond frei, der die Szene in blasses Licht tauchte. Lea konnte die Gestalten am Wasser jetzt deutlich erkennen.

Vor Staunen riss sie die Augen auf: Einer der Venomier aß eine Bockwurst! Das war gar kein Venomier, sondern ein normales Menschenkind! Aufgeregt tippte Lea Marvin an, um ihm zu zeigen, was sie entdeckt hatte. In dem Moment tauchten Perry und Emily neben ihnen auf. Als sie sahen, wo Lea hindeutete, nickten sie heftig. Wortlos waren die Spacekids sich einig: Die Venomier brachten gerade eine Gruppe von

Kindern von hier fort! Wie viele genau, wussten sie nicht, denn äußerlich waren die Menschenkinder von den Venomiern nicht zu unterscheiden. Den einen Jungen hatten sie nur aufgrund der Bockwurst identifiziert.

Lea überlegte, was die Venomier mit den Kindern wohl vorhatten. Es war sicherlich kein Zufall, dass der Trupp hier, keine fünfzig Meter vom Sprungbrett entfernt, zum Stehen gekommen war. Von dort aus waren sie, ihr Bruder, Emily und Marvin vor gar nicht langer Zeit mithilfe des Zeittunnels zum Kids' Planet transportiert worden.

Wollten die Venomier zusammen mit den Kindern zum Ersatzplaneten? Aber warum? Auf Kids' Planet hatten die Außerirdischen alles darangesetzt, die Menschenkinder loszuwerden. Und jetzt wollten sie sogar weitere dorthin mitnehmen? Das ergab doch gar keinen Sinn!

Lea überlegte, was an diesen Kindern hier anders war als an denen, die sich schon auf Kids' Planet befanden. Die Kinder der Spacekids-Teams hatten alle ein besonderes, von den Androiden konzipiertes Lernprogramm durchlaufen. Deshalb hatten sie sich auch erfolgreich gegen die Angriffe der Venomier zur Wehr setzen können. Diese Menschenkinder hier waren jedoch vollkommen unvorbereitet und damit den Venomiern rettungslos ausgeliefert. Vielleicht war das ja der Grund, warum die Venomier sie ausgewählt hatten?

»Wir müssen verhindern, dass sie die Kinder in den Zeittunnel bringen«, flüsterte Lea, so leise es ging, aber laut genug, dass die drei anderen sie verstehen konnten.

Sie gab ihren Freunden ein Zeichen und schlich mit ihnen zu einem Rhododendronbusch hinüber, der weit genug von den Venomiern entfernt war, um sich flüsternd zu unterhalten.

Nachdem Lea den anderen ihre Gedanken mitgeteilt hatte, sagte Perry: »Vielleicht wollen sie die Kinder ja als Arbeitssklaven?«

Lea starrte ihn entgeistert an. An so etwas Schreckliches hatte sie nicht gedacht.

»Arbeitssklaven?«, wiederholte sie ungläubig. »Wie kommst du denn darauf?«

»Überleg doch mal«, erläuterte Perry. »Die Venomier haben auf Kids' Planet unsere Androiden erlebt. Vielleicht wollen sie auch solche Helfer haben? Die Androiden selbst können sie aber nicht manipulieren, da sie ja keine biologischen, sondern elektronische Gehirne haben. Und die Venomier wissen, dass sie die nicht so ohne Weiteres umprogrammieren können.«

»Stimmt!«, pflichtete Marvin ihm bei.

Lea versuchte, Perrys Gedankengang nachzuvollziehen. Nur langsam wurde ihr die Tragweite seiner Worte bewusst. »Willst du damit sagen ... Du meinst ... Bevor die Venomier dafür sorgen, dass die Menschheit untergeht, schnappen sie sich noch ein paar Kinder, um sie auf Kids' Planet als Sklaven einzusetzen?«

»Ja, das wäre immerhin denkbar«, sagte Perry. »Du hast doch selbst gesagt, dass wir Spacekids ihnen möglicherweise zu riskant sind. Aber einfache, unbedarfte Kinder? Die lassen sich vermutlich viel leichter für ihre Zwecke missbrauchen.«

»Allerdings. Da hast du recht!«, gab Lea zu.

»Das müssen wir verhindern!«, erklärte Emily bestimmt.

Bloß wie? Sie wussten, dass sie bei einer körperlichen Auseinandersetzung den Kürzeren ziehen würden. Wie aber sollten sie sonst den Abtransport der Kinder verhindern?

»Licht!«, sagte Marvin und schnippte mit den Fingern.

»Hä?«, fragte Emily.

Marvin erläuterte: »Sie entführen die Kinder nachts, weil sie nicht erwischt werden wollen. Sie glauben, sie sind hier allein im Strandbad. Wenn wir jetzt das Licht anschalten, merken sie, dass noch jemand da ist. Und brechen den Transport vielleicht ab?«

»Keine schlechte Idee!«, lobte Emily. »Bleibt nur die Frage, wo wir Licht herbekommen wollen?«

Ihr Einwand war nicht von der Hand zu weisen. Denn hier auf der Liegewiese gab es weit und breit keine Lampen, sondern nur im vorderen Bereich des Freibads – am Eingang, in der Nähe des Kiosks, bei den Umkleidekabinen und an dem Weg, der zu dem betonierten Uferstück führte.

»Aber das genügt doch«, sagte Lea. »Die Venomier werden das Licht sehen und sich nicht mehr unbeobachtet fühlen. Nur wo sind die entsprechenden Lichtschalter und wie kommen wir an sie ran?«

»Der Kiosk stand offen«, berichtete Emily. »Vielleicht findet sich da ja irgendein Schalter.«

»Genau!«, pflichtete Perry ihr bei. »Und die anderen gibt's vermutlich irgendwo beim Eingang. Los, wir dürfen keine Zeit verlieren!«

»Halt!«, stoppte Lea ihn. »Wir teilen uns wieder auf. Emily und Perry, ihr geht nach vorn und macht die Lampen an. Marvin und ich leuchten zusätzlich hier mit den Taschenlampen rum, damit die Venomier denken, dass der Sicherheitsdienst oder die Polizei auf dem Gelände ist. Wir treffen uns in genau fünf Minuten wieder hier.«

Und dann verschwanden sie in verschiedene Richtungen.

Geheimer Eingang

Emily und Perry liefen zurück zum Kiosk und drückten auf alle Schalter, die sie fanden. Sofort strahlte das Kiosk-Schild neongrell auf und auch alle anderen Außenlaternen begannen zu leuchten.

Von ihrem Versteck aus beobachteten Lea und Marvin, wie unter den Venomiern schlagartig Chaos ausbrach – sie rannten wild durcheinander, hin und her, wie wimmelnde Ameisen. Doch es dauerte nicht mal eine Minute, bis sie die neue Lage erfasst und die alte Ordnung wiederhergestellt hatten.

Für die Spacekids war von Vorteil, dass sie jetzt deutlich die Venomier von den Menschenkindern unterscheiden konnten: Die Menschen kamen nicht so schnell mit der veränderten Situation klar und brauchten länger, um sich neu zu orientieren, und so trieben die Venomier sie schimpfend und fluchend vor sich her. Zumindest klang es so. Soweit Lea es überblicken konnte, waren es sechs Venomier und zwanzig Gefangene.

Und dann ... waren sie verschwunden!

Der gesamte Trupp war weg. Von einer Sekunde zur anderen.

Lea sah noch mal genau hin, rieb sich die Augen, schaute erneut und fragte dann Marvin: »Siehst du sie noch?«

»Nein!«, antwortete er ebenso erstaunt. »Eben waren sie doch noch da!«

»Ja, genau!« Lea richtete den Strahl der Taschenlampe auf den Busch, an dem sie die Gruppe noch wenige Sekunden zuvor gesehen hatte. Nichts.

Lea zögerte kurz. Der Busch war viel zu klein, als dass sechsundzwanzig Leute sich dahinter verstecken konnten. Trotzdem beschloss sie, nachzusehen. Sicherheitshalber.

»Warte hier!«, befahl sie Marvin und ging los.

Marvin rührte sich nicht vom Fleck. Er schaute Lea hinterher, die auf den Busch zumarschierte.

Nur für einen Moment sah er nicht hin.

Und dann war sie weg. Das konnte doch nicht sein!

»Lea?«, rief Marvin. »Lea!«

Panisch schaute er sich um, konnte sie aber nirgends entdecken.

Plötzlich tauchte Leas Kopf zwischen dem Blattwerk auf.

»Hier bin ich. Komm mal her!«

Das ließ Marvin sich nicht zweimal sagen. Er hastete zu ihr hin. Bestimmt hatte sie etwas Aufregendes entdeckt.

Er sah sich um und war enttäuscht. »Was soll denn hier sein?«

»Na, nichts!«, entgegnete Lea verzweifelt. »Das ist es ja! Eben gerade haben hier noch sechsundzwanzig Leute gestanden. Und jetzt sind sie weg und es gibt nicht die geringste Spur von ihnen. Die können sich doch nicht einfach so in Luft auflösen!«

»Weggebeamt!«, vermutete Marvin sofort.

Noch vor gar nicht allzu langer Zeit hätte Lea ihn wegen so einer Idee ausgelacht. Aber seit sie selbst von Androiden aus der Zukunft durch einen Zeittunnel zu einem fernen Planeten gebracht und zur Astronautin ausgebildet worden war, um die Erde und die Menschheit zu retten, fand sie die Vorstellung, Personen wie bei *Star Trek* durch Raum und Zeit zu beamen, alles andere als verrückt. Im Gegenteil, mittlerweile würde sie es eher wundern, wenn außerirdische Wesen dazu nicht in der Lage wären. Aber die Venomier auch?

»Nur warum sind sie dann durch den Zeittunnel hierher auf die Erde gekommen?«, fragte Lea. »Und warum hatten sie sich im All nicht auf unser Raumschiff gebeamt, um uns zu bekämpfen? Warum kämpfen sie überhaupt gegen uns? Sie könnten uns doch auch einfach von Kids' Planet wegbeamen, wenn sie uns da nicht haben wollen? Nein, ich glaube nicht, dass die Venomier beamen können.«

»Aber wo sind sie dann?«, fragte Marvin noch mal.

Lea berührte einen Sensor an ihrem Overall, aktivierte das integrierte Kommunikationssystem und kontaktierte Perry und Emily.

Ein paar Minuten später suchten die vier Freunde im Schein der Taschenlampen die Umgebung rund um den Busch ab, an dem die Venomier mit den Menschenkindern verschwunden waren.

»Was, wenn es hier einen zweiten Eingang zum Zeittunnel gibt?«, überlegte Lea. »Neben dem im Wasser, meine ich. Und die Venomier haben ihn vielleicht entdeckt?«

»Das wäre ja furchtbar!«, sagte Marvin.

»Ja, allerdings«, entgegnete Lea. »Aber es wäre eine einleuchtende Erklärung für ihr plötzliches Verschwinden. Genau wie bei uns damals im Badesee.«

»Vielleicht haben sie sich wirklich verkrochen«, überlegte Perry. »Aber nicht in den Zeittunnel, sondern einfach unter die Erde.«

Lea schaute ihn an. »Wie kommst du denn darauf?«

»Ameisen!«, antwortete Perry. »Wir haben doch schon öfter gedacht, dass das Verhalten der Venomier sehr ameisenähnlich ist.«

»Und Ameisen verschwinden in der Erde«, stimmte Marvin ihm zu.

Er beschloss, sich die Sache genauer anzusehen, und krabbelte in den Busch hinein. Er leuchtete alles ab.

»Nichts!«, stellte er resigniert fest und wollte gerade wieder hervorkriechen, da ...

»Was zur Hölle?«

»Marvin? Was ist?«, fragte Lea, die zusammen mit Perry und Emily vor dem Busch kniete und Marvins Suchaktion mitverfolgte.

»Seht euch *das* an!«, rief Marvin.

Die anderen sahen aber nichts.

Marvin leuchtete direkt auf den Boden. »Da!«

Jetzt erkannten sie, was er meinte: Sein rechtes Bein war bis zum Knie ins Erdreich eingesunken.

»Wie ist das möglich?«, fragte er. »Das ist ... wie ein Moor!«

Sein linkes Bein stand noch auf festem Untergrund. Marvin zog sein rechtes Bein wieder aus dem weichen Boden heraus. »Habt ihr mal einen Stock oder so etwas?«

Perry ließ den Strahl seiner Taschenlampe über die Wiese gleiten, bis er einen Ast fand, der von einer der Birken abgefallen war. Er lief los, stolperte aber und stürzte. Als er sich aufrappeln wollte, versank er mit beiden Armen im Boden, auch seine Beine waren bis zu den Knien in der Erde verschwunden.

Erschrocken riss Perry den Kopf hoch und rief seine Freunde: »Hey, helft mir. Ich versinke in der Erde!«

Sofort eilte Lea los, merkte aber schon nach dem zweiten Schritt, dass ihr Fuß ebenfalls einsackte. Hastig zog sie ihn zurück und verharrte auf der Stelle. Jetzt war keine Zeit, um lange zu überlegen. Wenn sie nicht schnell etwas unternahmen, würde ihr Bruder vor ihren Augen im Boden versinken.

»Halt mich fest!«, rief sie Emily zu und streckte den Arm aus.

Emily ergriff die Hand ihrer Freundin und rief nach Marvin: »Komm her und hilf uns! Perry steckt fest und kommt nicht mehr allein raus!«

Marvin sprang aus dem Busch und packte Emilys freie Hand. Die Kinder bildeten eine Dreierkette und Lea lehnte sich mit lang ausgestrecktem Arm weit nach vorne, um ihren Bruder zu erreichen.

Perry schaffte es mit Mühe, seinen rechten Arm freizubekommen, und reckte ihn nach hinten. Es reichte noch nicht.

»Los, macht! Ich muss näher ran!«, rief Lea den anderen zu.

Emily beugte sich noch weiter nach vorn und machte sich so lang wie möglich.

»Mehr geht nicht!«, ächzte sie.

Marvin musste sie mit beiden Händen festhalten und merkte, dass er es nicht mehr lange schaffen würde. Doch da berührten sich Leas und Perrys Fingerspitzen. Es fehlte nur noch ein winziges Stückchen ...

Und endlich bekamen sie sich zu fassen!

»Ich hab dich!«, rief Lea erleichtert. »Ich hab dich!« Und nach hinten an die beiden anderen gewandt: »Jetzt ziehen!«

Marvin zog an Emily, Emily an Lea, Lea an Perry, worauf er ein Stück hochrutschte und seine linke Hand freibekam, was ihm jedoch noch nichts nützte. Sie wedelte frei in der Luft herum und fand nichts, woran sie sich hätte festhalten können.

Seine Freunde zerrten weiter an ihm. Es gelang ihnen, Perry näher zu sich heranzuziehen und ihn so Stückchen für Stückchen aufzurichten. Perry konnte sich nun drehen und griff mit beiden Händen die Arme seiner Schwester. Mit letzter Kraft zogen seine Freunde ihn aus dem Morast, der gar kein Morast war.

Perry betrachtete seine Beine, als er wieder festen Boden unter den Füßen hatte. An seiner Hose klebte kein Schlamm oder Ähnliches. Er war in trockenen Sand eingesunken. Wie Treibsand!

»Genauso war der Boden beim Busch auch beschaffen«, erzählte Marvin.

Er vermutete, dass das Sandfeld unter dem Busch begann und sich seitlich fortsetzte. Marvin sah sich das Stück noch mal genauer an und kam zu dem Ergebnis, dass der Treibsand eine Fläche von etwa drei Metern Durchmesser einnahm.

»Darin müssen die Venomier verschwunden sein«, sagte Lea. »Aber nicht unfreiwillig wie Perry und Marvin. Ich glaube vielmehr, sie haben diese Stelle selbst geschaffen und nutzen sie als Eingang zu ihrem unterirdischen Versteck.«

»Und die gefangenen Kinder?«, fragte Emily.

Lea zuckte mit den Schultern. »Offenbar haben sie sie mitgenommen.«

»Dann müsste es uns doch auch möglich sein, in den Bau runterzukommen«, schlussfolgerte Marvin.

Lea stimmte ihm zu, stellte jedoch sofort klar: »Damit müssen wir aber noch warten. Wir sollten erst mal die Zentrale informieren und diesen Eingang genauer beobachten. Erst dann entscheiden wir, was wir als Nächstes unternehmen. Vielleicht sagt uns auch die Zentrale, was wir tun sollen. Außerdem wird's allmählich Zeit, dass wir wieder nach Hause kommen, bevor unsere Eltern spitzkriegen, dass wir weg sind. Specht kann hierbleiben und uns informieren, wenn sich irgendetwas tut.«

Die anderen waren einverstanden.

Sie erteilten Specht den Auftrag, sich in einem der Bäume in der Nähe niederzulassen und die Sandfläche nicht aus den Augen zu lassen. Dann machten sich die vier auf den Nachhauseweg.

Attacke aus dem All

Der Rückweg war schwieriger als der Hinweg. Perry und Lea waren aus dem Fenster gekrochen und dann am Fallrohr der Regenrinne nach unten geklettert. Nun mussten sie den gleichen Weg wieder hinauf, was überhaupt nur dank des Seils ging, das Lea oben befestigt hatte.

»Geh du als Erster«, schlug Lea vor. »Du bist etwas leichter als ich.«

Perry ruckte ein paarmal prüfend am Seil – ein echtes Kletterseil fürs Indoor-Climbing –, das machte ihm auch keine Sorgen. Die Frage war vielmehr, ob die Schelle des Fallrohrs halten würde.

Perry machte sich daran, am Seil hochzuklettern, was gar nicht so einfach war. Mit den Füßen stemmte er sich gegen die Hauswand und arbeitete sich Stück für Stück nach oben.

Hoffentlich schliefen seine Eltern fest und bekamen nichts mit. Die würde glatt der Schlag treffen! Diese Kletterpartie war ja nicht ganz ungefährlich. Schließlich lag ihre Wohnung im dritten Stock. Andererseits war der Aufstieg bei Weitem nicht so gefährlich, wie

Außenreparaturen an einem Raumschiff auszuführen. Und das hatte er auch gemeistert.

Geschickt war Perry bis zu Leas Fenster hochgeklettert. Mit Erleichterung sah er, dass es noch immer einen Spalt offen stand. Er zeigte seiner Schwester den erhobenen Daumen: *Alles klar*!

Die beiden vermieden es, miteinander zu sprechen, um keinen der Nachbarn oder gar ihre Eltern zu wecken. Perry hangelte sich zu Leas Fenster hinüber, kletterte ins Zimmer und sah dann nach seiner Schwester, die genauso geschickt wie er am Seil hochkletterte. Allerdings begann bei ihr die Schelle, an der das Seil befestigt war, verdächtig zu knirschen.

Perry stieß ein leises Zischen aus, um Leas Aufmerksamkeit zu erregen. Sie stoppte und sah zu ihm hoch. Perry gab ihr mit Gesten zu verstehen, was das Problem war. Lea nickte und kletterte das letzte Stück ohne Seil am Fallrohr hinauf – ein ziemlicher Kraftakt, aber sie schaffte es.

Oben angekommen, galt es jedoch noch, das Seil zu lösen und einzuholen. Sie klammerte sich mit der linken Hand und beiden Beinen am Fallrohr fest, während sie mit der rechten das Seil losband. Das Ende klemmte sie sich zwischen die Zähne und holte nach und nach den Rest des Seils ein. Sie warf es Perry zu, der es auffing und aufrollte. Dann wagte Lea den gefährlichsten Schritt – rüber aufs Fenstersims. Perry hielt sie an den Armen fest und zog sie zu sich ins Zimmer.

»Geschafft!«, schnaufte Lea erleichtert. »Aber für die nächsten Tage müssen wir uns einen einfacheren Weg nach draußen suchen. Wir können nicht jede Nacht solch eine Kletteraktion machen.«

»Das sehe ich genauso«, stimmte Perry ihr zu.

Sie zogen ihre Overalls aus, versteckten sie unter Leas Bett und schlüpften in ihre Schlafanzüge. Doch bevor sie zu Bett gehen konnten, mussten sie erst noch in Perrys Zimmer, um dem Androiden Eberhard von der Zentrale Bericht zu erstatten.

Sie schlichen auf Zehenspitzen den Flur entlang, vorbei am Schlafzimmer ihrer Eltern. Bloß keinen Lärm machen! Ihre Mutter hatte einen extrem leichten Schlaf.

In Perrys Zimmer schlossen sie sein Smartphone an den Computer an, starteten die Software, die Eberhard ihnen aufgespielt hatte, gaben einen vierzehnstelligen Code ein, den beide auswendig konnten, und warteten auf eine Verbindung. Es dauerte eine Weile. Die Datenübertragung funktionierte über den Zeittunnel. Dieser machte es möglich, mit nur wenigen Sekunden Zeitverzögerung eine audiovisuelle Live-Verbindung zu der Zigtausende von Lichtjahren entfernten Raumstation mit der Zentrale der Androiden herzustellen, die sich in der Nähe von Kids' Planet, das hieß, nur wenige Lichtjahre davon entfernt, befand.

Auf dem Bildschirm erschien Androide Eberhard. Rasch informierten Perry und Lea ihn darüber, was sie im Strandbad entdeckt hatten.

Plötzlich fiel Licht vom Flur durch den unteren Türspalt ins Zimmer.

»Mama und Papa!«, warnte Lea.

Perry gelang es nicht mehr schnell genug, die Verbindung zu unterbrechen und etwas anderes auf den Bildschirm zu holen. Schon flog die Tür zu seinem Zimmer auf und ihr Vater stand auf der Schwelle. Sein Bademantel saß schief, das Haar war zerzaust, sein Blick verschlafen.

»Was macht ihr denn hier?«, fragte er, wartete die Antwort aber gar nicht erst ab, weil er glaubte, bereits zu wissen, was los war. »Mitten in der Nacht spielt ihr ein Computerspiel? Seid ihr verrückt geworden?«

Perry öffnete den Mund, schloss ihn aber gleich wieder. Ihm fiel auf die Schnelle keine Antwort ein.

Lea war da fixer: »Och, Papa, wir haben doch Ferien!«

Ihr Vater verzog die Mundwinkel. »Dann setzt wenigstens Kopfhörer auf. Ich dachte schon, in der Wohnung sind Einbrecher. Erst so komische Geräusche von draußen ...«

Perry und Lea wechselten Blicke. Da war ihre Kletterpartie wohl doch nicht ganz so still und heimlich verlaufen, wie sie gedacht hatten.

»... und dann plötzlich welche aus Perrys Zimmer. Wir haben uns ganz schön erschrocken.«

Ihre Mutter tauchte hinter ihm auf, ebenfalls im Bademantel.

»Und?«, fragte sie. »Was ist los?«

»Computerspiel!«, sagte Papa.

Mama schüttelte den Kopf. »Bei euch piept's wohl? Ausmachen! Jeder in sein Bett!«

»Aber Mama!«, versuchte Perry zu protestieren.

»Papa hat erlaubt, dass wir mit Kopfhörern … äh … weiterspielen dürfen«, erklärte Lea ruhig.

Innerlich war sie jedoch in heller Aufregung. Sie und ihr Bruder waren hervorragend ausgebildete Astronauten und dienten einer von Wissenschaftlern und Androiden aus der Zukunft ins Leben gerufenen Mission zur Rettung des Planeten und der Menschheit. Möglicherweise stand ein Angriff gefährlicher Außerirdischer bevor, weshalb sie sich gerade inmitten einer wichtigen Videokonferenz befanden. Und die sollte nun scheitern, weil ihre Mutter sie ins Bett schickte? Das konnte Lea nicht zulassen. »Wir haben doch Ferien!«

»Aber wir nicht«, konterte ihre Mutter. »Kommt also nicht infrage. Außerdem wollt ihr doch bestimmt wieder früh zum Schwimmen los und nicht den halben Tag verschlafen, oder? Also, ab ins Bett!«

»Noch fünf Minuten!«, quengelte Lea.

Doch Mama blieb hart. Lea musste rüber in ihr Zimmer. Widerstrebend stand sie auf und huschte über den Flur nach nebenan.

Dann wandte sich Mama an Perry: »Mach den Computer aus und geh schlafen!«

Lea, die mit dem Ohr an der Tür alles mithörte, erschrak. Das ging nicht! Wenn Perry den Computer ausschaltete, wäre die Verbindung zur Zentrale gekappt. Es war schwierig genug gewesen, sie herzustellen.

Doch Perry reagierte geistesgegenwärtig: »Mama, in welchem Jahrhundert lebst du eigentlich? Wer schaltet denn heutzutage noch seinen Computer aus? Ich stelle auf Ruhemodus.«

Da das Bild auf dem Computer verschwand und der Monitor nur noch schwarz war, so als wäre er aus, gab seine Mutter sich zufrieden.

Lea atmete erleichtert auf. Sie wusste, dass die Verbindung zu Eberhard noch bestand und ihr Bruder sofort wieder mit ihm sprechen konnte, sobald er wieder allein war.

Ihre Eltern sagten nochmals Gute Nacht und verschwanden wieder in ihr Schlafzimmer. Lea lauschte und wartete noch ein paar Sekunden, um sicherzugehen, dass die Luft wieder rein war.

Währenddessen setzte Perry seine Kopfhörer auf, drückte auf die Leertaste und führte den Videochat mit Eberhard fort.

Er war mit seinem Bericht fast zu Ende, als er plötzlich eine Hand an seiner Schulter spürte. Er erschrak dermaßen, dass er einen spitzen Schrei ausstieß, den Kopfhörer herunterriss und aufsprang. Hinter ihm stand aber nur – Lea!

»Mann, hast du mich erschreckt!«, fauchte er seine Schwester an.

Die schaute ihn mit Unschuldsmiene an. »Hast du vielleicht geglaubt, ich gehe jetzt brav in mein Bettchen und träume süß, während du hier die Welt rettest, oder wie?«

Eberhard ließ sich von der kleinen Störung nicht beirren.

»Das, was ihr beobachtet habt, müssen wir sehr ernst nehmen«, sagte er. »Specht hat uns einige Aufnahmen übermittelt. Unsere Analyse bestätigt euren Verdacht: Die Venomier sind dabei, einige Kinder mittels Gehirnmanipulation zu entführen, um sie auf Kids' Planet als Arbeitssklaven einzusetzen.«

»Hab ich doch gesagt!«, flüsterte Perry.

»Aber das ist noch nicht alles«, berichtete Eberhard weiter. »Wir haben etwas im All entdeckt, das wir den Venomiern zuordnen können. Ein sehr schnell fliegendes Objekt, das auf die Erde zusteuert und bereits in einem Jahr sein Ziel erreichen wird, wenn es niemand stoppt.«

»Ein Meteorit?«, fragte Perry.

»Zunächst sah es danach aus«, erklärte Eberhard. »Aber es ist keiner. Es ist eher eine Art Kriegsflotte der Venomier.«

»Kriegsflotte?« Lea wusste nicht, was sie sich darunter vorstellen sollte, zumindest nicht im All. »Meinst du einen Verband von Raumschiffen?«

»Zum besseren Verständnis könnte man es wohl am ehesten mit einem Flugzeugträger auf dem Planeten Erde vergleichen. Es handelt sich um ein sehr großes Raumschiff, das ein Geschwader von selbststeuernden Raketen mit sich führt«, berichtete Eberhard so nüchtern, wie Androiden es eben taten, selbst, wenn es dramatisch wurde.

»Aber ich dachte, es gibt auf der Erde so etwas wie Raketenabwehrsysteme. Oder nicht?«, wandte Lea ein.

»Ja«, bestätigte Eberhard. »Genau darin besteht das Problem. Die Venomier wollen, dass die Menschen diese Raketen abschießen.«

Lea und Perry verstanden nun gar nichts mehr. »Wieso das denn?«

»Weil sich in den Flugkörpern kein Sprengstoff befindet. Ein Teil ist – grob ausgedrückt – mit großen Mengen von ozonschädigenden Chlor-Radikalen und Brom beladen. Der Inhalt dieser Raketen würde weite Teile der Ozonschicht der Erde zerstören. Viele Menschen und Tiere bekämen verheerende Sonnenbrände, vor allem aber würden die Pflanzen verbrennen. Und genau das ist die Absicht hinter dieser Attacke. Denn danach soll ein Angriff mit dem zweiten Teil der Raketen erfolgen. Sie sind mit CO_2 gefüllt und sollen den Treibhauseffekt auf der Erde enorm beschleunigen. Pflanzen bauen bekanntlich CO_2 ab. Wenn nun aber ein Großteil der Pflanzen verbrennt,

würde die bedrohliche Klimaerwärmung, mit der euer Planet sowieso schon zu kämpfen hat, rasant katastrophale Ausmaße annehmen.«

»Ach du liebe Güte!«, rief Lea. Doch nicht nur das Schreckensszenario an sich bereitete ihr Unbehagen. Lea ahnte, dass Eberhard ihnen nicht ohne Grund von den nahenden Flugkörpern berichtete.

»Soll das etwa heißen, dass ...«

»... ihr so schnell wie möglich ins All aufbrechen müsst, um das Kriegsschiff zu zerstören oder zumindest so weit umzulenken, dass die Raketen die Erde nicht mehr erreichen können. Sobald sie ausgesandt und in Richtung Erde unterwegs sind, werden die Armeen der Menschen sie zerstören, wodurch die Erde vernichtet würde.«

»Aber ...!« Lea brach ab. Sie wollte einwenden, dass man die Regierungen der Erde doch warnen könnte. Dann könnten sie vereint dafür sorgen, dass die Raketen irgendwo draußen im All weit weg von der Erde unschädlich gemacht würden. Für diese Aufgabe wären die Weltraumbehörden weltweit sicherlich besser gerüstet als eine Handvoll Kinder.

Aber diesen Einwand behielt Lea für sich. Denn keine Regierung auf der Erde würde in dieser Sache ein paar Kindern Glauben schenken, so viel war klar. Sogar schlimmer noch, die Spacekids würden nicht mal die Chance bekommen, bei irgendeiner Regierung vorzusprechen.

»Euch bleibt nur wenig Zeit, die Katastrophe abzuwenden«, sagte Eberhard. »Ihr müsst euch in Bewegung setzen. Emily und Marvin sind bereits informiert. Sie sind schon auf dem Weg zu euch.«

»Was? Wie? Jetzt gleich?«, stotterte Lea. »Wozu die Eile? Ich denke, die Raketen erreichen uns erst in einem Jahr?«

»Ja, und?«, gab Eberhard zurück. »Für eine Weltraummission ist das geradezu gefährlich wenig Zeit. Normalerweise wird so etwas mehrere Jahre lang vorbereitet.«

»Schon gut!«, sagte Lea. »Dann sollen wir also sofort aufbrechen?«

»Nein«, antwortete Eberhard. »Erst müsst ihr noch die entführten Menschenkinder im Strandbad retten. Als Unterstützung haben wir euch VIUA geschickt. Er versucht sich unter eine neue Gruppe zu mischen, die gerade gefangen genommen worden ist. Unsere Analysen haben ergeben, dass die Kinder voraussichtlich bereits heute Nacht fortgebracht werden sollen. Das müsst ihr verhindern! Sobald ihr das erledigt habt, werdet ihr zur Raumstation transportiert.«

»VIUA ist hier?«, fragte Lea.

»Ja«, antwortete Eberhard. »Er wird sich unter den Gefangenen befinden. Er ist gegen Venomier-Attacken ja immun!«

VIUA stand als Abkürzung für *Very Intelligent Uni-*

versal Android. Im Grunde war er ein Roboter, der aussah wie ein normales Kind, außer dass er eine Glatze hatte und wächserne, porenfreie Haut.

»Der fällt doch sofort auf, so wie er aussieht!«, wandte Perry ein.

»Er hat sein Aussehen ein wenig verändert«, erläuterte Eberhard. »Er trägt eine Perücke und spezielle Schminke, die seine Hülle mehr wie menschliche Haut erscheinen lässt. Und eine Brille. Die benötigt er natürlich nicht, aber sie lenkt noch ein bisschen vom Gesicht ab.«

»Hihi!«, kicherte Perry. »VIUA mit Perücke. Das muss ich sehen!«

Eberhard blickte Perry mit unverändert ausdruckslosem Gesicht an. »Das wirst du doch auch sehen.«

»Ja, schon gut!« Perry winkte ab.

»VIUA wird euch ständig mit aktuellen Informationen versorgen. Das ist das Einzige, was wir für euch tun können. Mit dem Rest müsst ihr selbst klarkommen«, erklärte Eberhard und war bereits dabei, sich von ihnen zu verabschieden.

Doch Lea fasste noch einmal nach: »Wie organisieren die Venomier eigentlich den Transport?«

»Gute Frage!«, sagte Eberhard. »Wir wissen es nicht genau. Sie müssen ins Wasser springen, so wie ihr es getan habt. Alles Weitere entzieht sich unserer Kontrolle. Die Venomier müssen irgendeinen Weg gefunden haben, den Zeittunnel zu betreten und zu aktivieren. Wo sich diese Sicherheitslücke befindet, konnten wir bisher nicht ermitteln. Im Moment wissen wir nur, dass beide, wir Androiden und die Venomier, den Tunnel bedienen können. Und wir können beide versuchen, die Steuerungsmöglichkeit des jeweils anderen zu sabotieren. Allerdings wissen wir nicht, wo ihr Kontrollzentrum liegt, und andersherum wissen sie nicht, wo unseres ist.«

Lea zog eine sorgenvolle Miene. »Moment mal«, warf sie ein. »Soll das heißen, wenn wir den Zeittunnel betreten, um zur Raumstation zu gelangen, können wir nicht sicher sein, wer uns transportiert – ihr oder die Venomier?«

»Richtig«, bestätigte Eberhard. »Ihr wisst es nicht, wir jedoch schon. Macht euch deshalb keine Sorgen.«

Das war leichter gesagt als getan, fand Lea. »Okay«, sagte sie mit dünner Stimme.

»Achtung! Licht im Flur!«, zischte Perry.

Diesmal reagierten die Geschwister schneller. Perry schaltete den Computer auf Ruhemodus und Lea knipste die Schreibtischlampe aus. Dann hechtete sie mit einem beherzten Sprung unter Perrys Bett, während sich ihr Bruder auf die Matratze warf. Gerade noch rechtzeitig zog er die Bettdecke hoch, als sich auch schon die angelehnte Tür zu seinem Zimmer öffnete.

Seine Mutter spähte herein.

Perry hob scheinheilig den Kopf und fragte: »Was ist?«

»Schon gut«, flüsterte sie. »Ich wollte nur mal nachschauen. Gute Nacht.«

»Gute Nacht!«

Perrys Mutter zog die Tür wieder zu. Kurz darauf ging das Licht im Flur aus.

Perry kletterte aus dem Bett und Lea kroch aus ihrem Versteck hervor. In dem Moment hörten sie ein Platschen am Fenster.

Perry sah den Matschfleck an der Scheibe und wusste Bescheid. Er sah hinaus. Unten standen Emily und Marvin. Sein bester Freund belud sein Katapult gerade mit einer neuen Hagebutte.

Perry schnappte sich schnell seine Taschenlampe und gab den Freunden ein Lichtsignal, dass sie in wenigen Minuten bei ihnen unten sein würden. Emily blinkte mit ihrer Taschenlampe zurück: »Alles klar!«

In der Zwischenzeit hatte Lea den Computer wieder aktiviert, um das Gespräch mit Eberhard fortzusetzen.

»**Der Ort, an dem ihr euch befindet, ist unvorteilhaft**«, kommentierte der Androide.

»Sehr witzig, Eberhard. Das ist unser Zuhause!«, erwiderte Lea.

»**Ich weiß**«, sagte Eberhard sachlich. »**Wieso ist das witzig?**«

Lea seufzte. »Das verstehst du nicht.«

Es war immer das Gleiche mit den Androiden: Witze, Gefühle, Ironie – zu all dem waren sie trotz Programmierung mit Zukunftstechnologie nicht in der Lage.

»Ich habe noch eine letzte Frage«, sagte sie. »Wie sollen wir denn eigentlich verhindern, dass die gefangenen Kinder weggebracht werden?«

»Das wissen wir nicht«, erklärte der Androide. »Nur ein wichtiger Hinweis: Da die Venomier die Kinder mittels Gehirnmanipulation unter Kontrolle gebracht haben, seid auch ihr vor derartigen Übergriffen nicht gefeit. Ihr müsst wachsam sein. Wie sagt ihr Menschen? Viel Glück!«

Plink, und der Bildschirm wurde schwarz. Eberhard hatte sich ausgeklinkt.

»Na toll!«, meckerte Lea.

Wenn einem ein Androide schon Glück wünschte, dann ahnte man, wie es um die Zuverlässigkeit ihrer Pläne bestellt war.

»Es geht wieder los!«, freute sich Perry.

Lea starrte ihn entgeistert an. »Sag mal, aber sonst geht's dir noch gut, ja? Wir sind erst seit Kurzem wieder zurück auf der Erde, hatten gerade eben noch Ärger mit Mama und Papa, und du freust dich, dass wir schon wieder zum Einsatz müssen? Und dann noch unter solchen Bedingungen!«

Lea erschien die Aufgabe, die ihnen bevorstand, nahezu unlösbar. Zumindest hatte sie nicht die geringste Ahnung, wie sie den Abtransport der Kinder verhindern und die Außerirdischen handlungsunfähig machen sollten, um dann ins All zu rauschen, wo es galt, einen getarnten, hochgefährlichen Raumtransporter außer Gefecht zu setzen. Und so ganz nebenbei sollten sie außerdem auf dem fernen erdähnlichen Ersatzplaneten Kids' Planet eine neue für Menschen bewohnbare Stadt aufbauen, damit eines Tages die Menschen kurz vor einer bevorstehenden Umweltkatastrophe dorthin evakuiert werden konnten! Sonst noch Wünsche? Mit einem Mal fühlte sich Lea entsetzlich müde.

»Weißt du was?«, sagte sie zu ihrem Bruder. »Am liebsten würde ich morgen in die Schule gehen und einfach nur Volleyball spielen.«

»Haha!«, kommentierte Perry. »Das kaufe ich dir nicht ab!«

Womit ihr Bruder natürlich recht hatte. Denn trotz aller Gefahren und egal, wie ernst die Lage auch war, Lea schnupperte gern Abenteuerluft.

»Also los!«, sagte sie. »Emily und Marvin warten auf uns.«

Lea schlich in ihr Zimmer, um sich ihren Overall anzuziehen. Sie aktivierte sofort das integrierte Display, um sich über Spechts Kameraaugen ein Bild von der Situation im Freibad zu machen. Die Frage, was ihre Eltern dazu sagen würden, wenn sie morgens ihre Kinder nicht in ihren Zimmern vorfinden würden, verdrängte sie. Da vertraute sie auf den Zeittunnel, der sie irgendwann wieder zurückbringen würde – genau zurück ins Jetzt. Der heutige Morgen würde also noch mal geschehen, Perry und sie würden dann brav in ihren Betten liegen und sich von ihren Eltern wecken lassen, die nicht die geringste Ahnung hätten, dass ihre Kinder zwischenzeitlich – also gewissermaßen in einer Parallelzeit – ein monatelanges Abenteuer erlebt hatten.

Der Astronauten-Overall saß perfekt, die Funktionen waren durchgecheckt, das Display übertrug das im Dunkeln liegende Freibad. Lea schaltete Spechts Übertragung auf Infrarot, sodass sie auch jetzt in der Nacht erkennen konnte, was dort vor sich ging.

Specht hatte sich so in Position gebracht, dass Lea die neu eingetroffene Gruppe gut im Blick hatte. Die Szene ähnelte der, die sie erst wenige Stunden zuvor selbst live miterlebt hatten. Sie mussten sich beeilen, sonst würde diese Gruppe hier genauso plötzlich weg sein wie die erste. Mit dem Unterschied, dass die Spacekids mittlerweile wussten, wie die Venomier verschwanden – durch einen treibsandähnlichen Eingang, der vermutlich zu unterirdischen Höhlen oder Nestern führte.

Lea berührte eine Sensortaste auf dem Ärmel-Display und stellte eine Verbindung zu VIUA her. Er konnte unbemerkt antworten, denn als Androide benötigte VIUA weder eine Tastatur noch Sprachbefehle oder ein Display, um zu kommunizieren. Er konnte sämtliche multimedialen Informationen direkt mit seinem elektronischen Gehirn – also seiner

Festplatte – empfangen und von dort auch versenden, ohne dass ein Außenstehender davon etwas mitbekam.

»Willkommen auf der Erde!«, begrüßte Lea ihn.

»Hallo«, erwiederte VIUA und übertrug alles, was seine elektronischen Augen sahen, auf ihr Display.

»Okay«, sagte Lea. »Lass die Einstellung so.«

Sie konnte sehen, dass sich die Gruppe zügig zu dem Busch begab, hinter dem sich das Treibsandstück befand. VIUA drehte seinen Kopf so, dass Lea die Mitglieder der Gruppe zählen konnte – insgesamt dreißig Kinder. Es war schwer zu erkennen, wie viele davon Venomier waren.

»VIUA, hast du Zugang zum Polizeicomputer?«, fragte Lea.

»Noch nicht«, antwortete VIUA. »Es wäre kein Problem, aber ich bin nicht mit irdischem WLAN ausgestattet, da für mich nie ein Aufenthalt auf dem Planeten Erde geplant war. Deshalb ist kein Zugang zum Internet vorhanden.«

Logisch!, dachte Lea.

Die Verbindung zu ihr erfolgte über Satellit, so viel war klar. Vielleicht war es möglich, darüber einen Kontakt zum irdischen Internet herzustellen? Aber Lea hakte nicht weiter nach. Sie hätte zwar gern gewusst, wo die Venomier die Kinder herhatten und ob in den letzten vierundzwanzig Stunden gehäuft Vermisstenanzeigen bei der Polizei eingegangen waren, aber so entscheidend war diese Information im Moment auch nicht.

Die Zeit drängte.

Unterwelt

Die Spacekids kamen gerade noch rechtzeitig im Freibad an.

Perry und Lea hatten sich aus dem Haus geschlichen und waren gemeinsam mit Emily und Marvin losgehetzt. Schnell waren sie durch das Loch im Zaun geschlüpft, hatten sich in der Nähe der Umkleidekabinen versteckt und sahen nun, wie sich ein Trupp von Kindern und Venomiern am Ufer formierte. Offenbar wurden tatsächlich gerade die ersten Kinder weggebracht.

»Seltsam, VIUAs Bilder zeigen aber etwas anderes«, sagte Lea. »Anscheinend befindet er sich noch irgendwo im unterirdischen Bau. Guckt euch das an!«

Perry, Marvin und Emily holten sich die Übertragung auf ihre Displays. Trotz Infraroteinstellung war ziemlich wenig zu erkennen. Nur so viel, dass sich die Kinder – ungefähr zwanzig an der Zahl – auf engstem Raum in zwei Reihen gegenübersaßen, zehn auf jeder Seite. Sie schienen weder miteinander zu sprechen noch sich anzusehen oder sonst irgendetwas zu tun.

»Die wirken wie weggetreten«, sagte Emily. »Als würden sie unter Drogen stehen.« Sie wusste aber, dass die Venomier keine Drogen brauchten, sondern direkt auf die Gehirne der Kinder Einfluss nehmen konnten. »Wie hypnotisiert. Es gibt auch keine Bewacher, soweit ich sehen kann!«

Vorsichtshalber fragte sie VIUA.

»Nein! Keine Bewacher. Alle Venomier sind oben!«, lautete seine Antwort.

»Gut!«, sagte Lea zu den anderen. »Kümmern wir uns jetzt als Erstes um die Gruppe hier oben. Hat jemand eine Idee?«

»Warum rufen wir nicht einfach die Polizei?«, fragte Marvin. »Die kommen, nehmen alle Kinder und Venomier als Eindringlinge fest und ...«

»... lassen sie sofort wieder laufen«, vollendete Emily seinen Satz. »Kinder werden nicht ins Gefängnis gesteckt, sondern zu ihren Eltern nach Hause gebracht. Die Polizei kommt doch nie im Leben auf die Idee, dass die Venomier Außerirdische sind. Außerdem wäre das zu gefährlich. Wer weiß, was sie den Polizisten antun würden, um wieder freizukommen. Und dann holen sich die Venomier in den nächsten Tagen einfach neue Kinder, während wir schon wieder im All sind.«

Marvin nickte. »Du hast recht. War eine blöde Idee.«

»Also?« Lea schaute fragend in die Runde. »Hat jemand einen besseren Vorschlag?«

»Wir müssen sie vernichten.«

Es war mehr ein laut geäußerter Gedanke von Marvin als ein ernst gemeinter Vorschlag. In den Raumanzügen, die sie im All oder auf Kids' Planet trugen, waren Waffen integriert. Jetzt hatten sie jedoch nur ihre Overalls an, die zwar mit einigen technischen Finessen ausgerüstet waren, aber mit keinerlei Waffen, noch nicht mal mit Elektroschockern oder Ähnlichem. Wie also sollten sie da die Venomier dauerhaft außer Gefecht setzen, sprich töten? Und was natürlich noch hinzukam: Die Kinder hatten noch nie getötet, mal abgesehen von Mücken oder Fliegen.

In den meisten Science-Fiction-Filmen, die Perry und Marvin kannten – etwa bei *Star Trek* oder *Star Wars* –, wurden die Gegner gleich reihenweise getötet. Aber sie waren hier nicht im Kino, sondern im realen Leben. Und da galt es, Todesopfer möglichst zu vermeiden, auch auf der Seite des Gegners. Und das fanden die Kinder gut so.

Auch die Androiden, die ihnen auf Kids' Planet hilfreich zur Seite standen und sie mit Informationen aus der Zentrale versorgten, waren so programmiert, dass das Töten anderer Individuen nur im äußersten Notfall in Betracht kam. Tiere zum Beispiel töteten sie ausschließlich, um die Ernährung der neuen Bewohner des Planeten sicherzustellen.

Da die Venomier, soweit sie wussten, einen massiven Angriff auf den Planeten Erde planten und gerade dabei waren, Menschenkinder als Sklaven zu verschleppen, wäre im Rahmen ihrer Mission die Tötung im Kampf vermutlich sogar vertretbar und geduldet.

Dennoch war Lea in diesem Augenblick froh, dass sie aufgrund fehlender Waffen erst gar nicht vor eine solche Entscheidung gestellt wurde. Außerdem war es viel zu schwierig, die Menschenkinder von den Venomiern sicher zu unterscheiden. Nachher erwischte es noch den Falschen ...

»Das ist doch irgendwie blöd«, jammerte Marvin. »Wenn wir jetzt die Möglichkeit hätten, sie außer Gefecht zu setzen, wären wir wenigstens auf der Erde schon mal eine Sorge los.«

»Meinst du?«, entgegnete Lea. »Wir wissen doch gar nicht, wie viele von ihnen noch hier sind. Wir sollten jetzt erst mal verhindern, dass die Kinder verschleppt werden, und danach so schnell wie möglich das Raumschiff mit den Raketen finden und deaktivieren.«

»Ich weiß«, räumte Marvin ein. »Aber wie?«

»Wir nehmen die Venomier mit!«, schlug Emily vor und blickte in fragende Gesichter.

»Mitnehmen?«, fragte Perry. »Wie stellst du dir das vor? Und wohin überhaupt mitnehmen?«

»Na, denkt doch mal daran, wie die Androiden uns das erste Mal in die Raumstation geholt haben«, sagte Emily. »Wir wussten gar nicht, was mit uns geschieht, und sind dann plötzlich in diesem Becken in der Raumstation aufgetaucht.«

Natürlich erinnerten sich daran alle noch gut.

»Und?«, hakte Perry nach.

»Was und?« Für Emily war der Plan klar. »Wir machen es jetzt genauso. Wir warten nicht ab, bis die Venomier den Zeittunnel benutzen, sondern sind *vor* ihnen da, ziehen sie mit ins Wasser, und dann sollen uns die Androiden alle zusammen zur Raumstation befördern. Von dort fliegen wir mit den Venomiern zum Kids' Planet und machen uns anschließend auf den Weg, um das Raketengeschwader aufzuhalten!«

»Ins Wasser ziehen?«, fragte Marvin. »Die Venomier? Die sind doch viel stärker als wir!«

»Aber wir nutzen das Überraschungsmoment«, erwiderte Emily. »Nach unseren bisherigen Beobachtungen werden die Kinder von sechs Venomiern bewacht. Wir werfen sie ins Wasser – vielleicht können sie ja nicht mal schwimmen. Sie sacken ab, so wie wir das erste Mal auch, und tauchen in dem Schwimmbecken in unserer Raumstation wieder auf. Dort nehmen unsere Security-Androiden sie dann fest. Die sind ja stärker.«

Marvin kräuselte skeptisch die Stirn. Auch Perry wusste nicht so recht, was er von dem Plan halten sollte.

Doch Lea sah es ähnlich wie Emily.

»Keine schlechte Idee«, lobte sie. »Bleibt nur die Frage, wie wir alle sechs Venomier auf das Sprungbrett bekommen? Uns bleibt nur wenig Zeit. Als Erstes geben wir VIUA und Specht Bescheid. Aber wie wollen wir dann weiter vorgehen?«

»Wir könnten uns unter die Gefangenen mischen«,

schlug Perry vor, »sozusagen undercover. Auf diese Weise führen uns die Venomier selbst zum Dreimeterbrett. Dort angekommen, müssten wir im richtigen Moment handeln, sie ins Wasser werfen und hinterherspringen, während die Androiden den Zeittunnel aktivieren.«

»Ich weiß nicht.« Lea hielt diese Vorgehensweise für äußerst riskant. »Die Venomier sind bestimmt nicht unvorbereitet hierhergekommen. Sie haben einen Auftrag und wurden unter Garantie vor uns gewarnt. Ich nehme sogar an, dass die Papiersammler uns erkannt haben. Und wir müssen auf jeden Fall verhindern, dass die gefangen genommenen Kinder verschleppt werden. Da ist es zu gewagt, bis kurz vor deren Abtransport mit unserer Attacke zu warten.«

»Da hat Lea recht«, pflichtete Marvin ihr bei.

»Also, wie packen wir's an?«, fragte Lea noch einmal.

»Es geht los!«, rief Marvin plötzlich. »VIUA hat es gerade gemeldet.« Er zeigte auf das Display an seinem Ärmel. Auch alle anderen empfingen in diesem Moment die Nachricht.

»Verdammt, wir müssen uns entscheiden!«, stellte Emily fest.

»Okay!« Lea wusste, dass sie als Captain jetzt das Kommando übernehmen musste. Sie atmete noch mal tief durch und entschied: »Dann machen wir es eben, wie Perry vorgeschlagen hat. Wir mischen uns unter die Gefangenen, bis wir draußen am Sprungbrett sind. Emily, informiere die Weltraumzentrale, damit *sie* uns durch den Zeittunnel holen und nicht die Venomier. Perry, gib Specht und VIUA Bescheid. Sie sollen sich zurückhalten und auf der Erde bleiben, bis wir grünes Licht geben. Dann sollen sie nachkommen.«

»Aye, aye, Captain«, bestätigte Perry.

Emily war gerade dabei, die Weltraumzentrale zu kontaktieren, da tauchten auch schon zwanzig Kinder aus dem Gebüsch auf und stellten sich zu den anderen ans Ufer. Durch VIUAs Kameraaugen konnten die Spacekids das Ganze live mitverfolgen, während sie sich immer noch hinter einer Birke versteckt hielten.

»Wir müssen VIUA irgendwie aus der Gruppe isolieren und uns gleichzeitig selbst einschleusen«, sagte Lea.

»Dazu bräuchten wir aber andere Klamotten«, bemerkte Marvin. »In unseren Astronauten-Overalls fallen wir doch sofort auf!«

Da hatte Marvin recht. Die gefangenen Kinder trugen Shorts und T-Shirts. Wie sollten sie das anstellen?

»Wir müssen uns schnell etwas einfallen lassen«, drängte Lea. »Gleich geht's los!«

»Können wir die Kinder nicht aus der Hypnose wecken und damit Chaos auslösen?«, schlug Emily vor. »Dich und Marvin haben wir im All doch auch wecken können. Und wenn die Kinder hier zu sich kommen und merken, dass sie entführt werden, brechen die doch in Panik aus und laufen weg!«

Ist vielleicht eine Möglichkeit, dachte Lea, obwohl sie nicht wusste, wie sie die Kinder aus der Hypnose reißen sollten. Im All hatte es durch direktes Ansprechen geklappt. Das würde bei so vielen Kindern wie hier nicht gehen.

»Zu spät!«, sagte Perry und zeigte auf die Gruppe am Ufer, die sich in Bewegung setzte. »Sie gehen gerade ins Wasser rein!«

»Oh Scheiße!«, fluchte Lea.

Der einzige Vorteil an der Sache war, dass sie die Venomier jetzt leicht herausfiltern konnten. Die sechs Außerirdischen bauten sich am Ufer auf und beobachteten, wie die Gruppe Kinder ins Wasser watete.

»Die wollen anscheinend sichergehen, dass keiner umkehrt und an Land zurückgeht«, vermutete Emily. »Oder vielleicht sind sie ja wasserscheu und bleiben deshalb da stehen?«

»Oder sie bleiben hier!«, fiel Perry mit einem Mal ein.

Lea schaute ihn entgeistert an. »Wie meinst du das?«

»Vielleicht reisen sie gar nicht mit, sondern liefern immer nur neue Kinder im Zeittunnel ab?«, sagte Perry.

Lea schlug sich mit der Hand an die Stirn. »Mensch, das sagst du erst jetzt?«

Perry zog entschuldigend die Schultern hoch: »Ist mir gerade erst eingefallen.«

Die hypnotisierten Kinder waren mittlerweile so weit ins Wasser eingetaucht, dass sie mit Schwimmbewegungen begannen. Die Venomier hatten sich noch immer nicht von der Stelle gerührt. So wie es aussah, erwies sich Perrys Vermutung als goldrichtig.

»So ein Mist!«, fluchte Lea.

»Und VIUA?«, sagte Marvin. »Er ist noch immer mittendrin. Wie soll er sich denn bloß unbemerkt von der Kindergruppe absetzen?«

»Was machen wir jetzt?«, fragte Emily hektisch.

Darauf wusste Lea auch keine Antwort.

Schon kletterten die ersten Kinder die Leiter des Sprungturms hinauf, darunter auch VIUA, wie die Spacekids an den Bildern auf ihren Displays erkannten.

»Wir halten an unserem Plan fest!«, entschied Lea plötzlich.

Emily sah sie staunend an. »Wie soll das gehen? Die Kinder springen jeden Moment ins Wasser und werden dann abtransportiert.«

»Aber nur gruppenweise!«, wandte Lea ein. »Wisst ihr noch? Durch den Zeittunnel können immer nur maximal zehn Personen auf einmal befördert werden. Das heißt, es wird mehrere Durchgänge geben. Es müssen immer Kinder beim Sprungbrett zurückbleiben und warten.«

»Ja, gut«, sagte Emily. »Und weiter?«

»Die Venomier sind zu sechst, wir sind vier. Macht

genau zehn«, rechnete Lea vor. »Wir lassen uns als Erstes, noch vor den Kindern, zusammen mit den Venomiern wegbringen. Damit ist der Zeittunnel voll ausgelastet. Und wenn wir erst mal weg sind, ist niemand mehr hier, der den Transport der Kinder steuern könnte. VIUA und Specht müssen dann versuchen, die Kinder aus der Hypnose zu wecken. Anschließend können sie nachkommen.«

»Okay«, stimmte Emily zu. »Aber wie bugsieren wir die Venomier mit in den Zeittunnel?«

»Durch einen Überraschungsangriff!«, erläuterte Lea. »Hier an Land sind die Venomier zwar stärker als wir, aber im Wasser macht uns so leicht keiner was vor. Wir sind alle gute Schwimmer! Wir stürzen uns auf sie, reißen sie ins Wasser, schleppen sie zum Sprungturm und lassen uns von dort in den Zeittunnel saugen.«

»Die sind uns zahlenmäßig aber überlegen. Wie sollen wir das schaffen?«, gab Marvin zu bedenken.

»VIUA und Specht können helfen«, sagte Lea und setzte die beiden sofort von ihrem Plan in Kenntnis. Sie mussten sich beeilen – ihnen lief die Zeit davon. »Angriff in zehn Sekunden!«

»Was? Wie?«, Marvin fühlte sich total überrumpelt.

»Attacke und drauf!«, sagte Lea. »Das ist unsere einzige Chance. Specht, du machst den Anfang! Zehn Sekunden ab jetzt: zehn ... neun ...«

Bei »zero« ging Specht im Sturzflug auf die Venomier nieder. Der Robotervogel verfügte über keine Waffen und war alles andere als ein Kämpfer, aber er nutzte das Überraschungsmoment. Er sauste haarscharf über die Köpfe der Venomier hinweg, als wollte er ihnen einen perfekten Scheitel ziehen. Sein Angriff zeigte Wirkung. Die Venomier duckten sich weg und schauten verwirrt in den Himmel hinauf, was da gerade auf sie zugeschossen war und nun sogar ein zweites Mal über sie herfiel.

Im selben Moment sprang ein Kind mit dem Kopf voran vom Dreimeterbrett ins Wasser. Die Spacekids ahnten, dass dies VIUA war, der, immun gegen Hypnose und Gehirnmanipulation, nun in hohem Tempo auf die Venomier zuschwamm.

Beide Roboter erledigten ihre Aufgaben mit Bravour. Die Venomier schienen perplex und ratlos – und waren von dem ungeplanten Geschehen vollkommen überrascht.

Der Moment für die Spacekids war gekommen.

Die vier Freunde spurteten los und erreichten unbemerkt die Venomier. Als der erste Außerirdische sie registrierte, war es längst zu spät. Perry sprang ab, hechtete mit ausgestreckten Armen auf ihn zu und stieß ihn um. Im Fallen versuchte der Venomier sich an einem seiner Artgenossen festzuhalten und riss ihn mit sich – ein spitzer Schrei, ein lautes Platschen und beide tauchten unter Wasser. Perry stürzte hinterher.

Marvin, Emily und Lea folgten mit drei weiteren Venomiern. Den letzten nahm VIUA sich vor. Wie ein Krokodil, das an einer Wasserstelle über eine Antilope herfiel, schoss er aus dem Wasser heraus und schnappte sich den Außerirdischen.

Perry tauchte blitzartig wieder auf, warf sich erneut auf seine beiden Venomier und zog sie unter Wasser. Dabei tauchte er selbst zwar auch mit unter, aber das kümmerte ihn nicht. Dank langer Übung konnte er mittlerweile mühelos über eineinhalb Minuten die Luft anhalten.

Die Venomier offenbar nicht. Zuerst zappelten sie noch und schlugen um sich, sodass Perry schon dachte, er würde doch nicht gegen die beiden ankommen, doch dann wurden sie merklich ruhiger. Der Widerstand der Außerirdischen ließ so schnell nach, dass Perry schon Angst bekam, er hätte die beiden womöglich ertränkt. Aber dann besann er sich: unwahrscheinlich, dass sie nach nur wenigen Sekunden ertrinken würden. Vermutlich handelte es sich eher um eine instinktive Schutzhaltung, so wie etwa Katzen bei einem Nackenbiss in Tragstarre verfielen oder die sprichwörtliche Schockstarre beim Kaninchen. Jedenfalls hatte Perry sich den Kampf gegen die Venomier deutlich schwieriger vorgestellt. Es bereitete ihm nicht so große Mühe wie befürchtet, die beiden Außerirdischen rückwärtsschwimmend bis zum Sprungbrett mit sich zu ziehen. Seine Freunde machten es ihm nach und so trafen sie alle nacheinander am Sprungturm ein.

Die hypnotisierten Kinder hingegen drängten sich noch immer auf der Leiter und oben auf der Plattform des Sprungbretts und starrten mit leeren Augen vor sich hin.

»Wo ist VIUA?«, fragte Marvin.

Die vier Freunde schauten sich um. Von dem Androiden war nichts zu sehen. Auch die Displays waren schwarz.

»Keine Übertragung mehr«, stellte Lea besorgt fest. »Oh Mann, dem wird doch nichts zugestoßen sein! VIUA?«

Plötzlich sprudelte es neben ihr im Wasser. Lea zuckte kurz zusammen, dann tauchte VIUA auf.

»Ich habe ihn verloren«, teilte er mit.

»Äh?«, machte Lea, obwohl sie wusste, dass der Androide von dem Venomier sprach, den er sich geschnappt hatte. »Was soll das heißen?«

»Ich verstehe die Frage nicht«, entgegnete VIUA. »Die Aussage ist doch eindeutig!«

Lea verdrehte die Augen. »Ich meine, *wieso* hast du ihn verloren? Und wo?«

»Antwort auf Frage eins: Er ist mir aus den Händen gerutscht und abgetrieben. Antwort auf Frage zwei: Möchtest du die Koordinaten?«

»Nein! Quatsch! Was soll ich denn mit den Koordinaten?«, schimpfte Lea ungeduldig. »Ich möchte nur wissen, hast du ihn gerade eben verloren oder weiter vorn am Ufer?«

In Elektronenhirn-Geschwindigkeit verglich VIUA Koordinaten und rechnete. Dann antwortete er: »Grob gerundet sechs Meter achtundvierzig vom Ufer entfernt, auf unserer Höhe.«

Lea suchte die Wasseroberfläche ab. Aber da war nichts. Keine Luftblasen, keine Wellen, die von Bewegungen herrührten. Nichts. »An der Stelle ist das Wasser doch höchstens eins fünfzig tief! Wie kann man da jemanden verlieren und nicht wiederfinden!«

»Das weiß ich nicht«, antwortete VIUA. »Fakt ist: Er ist weg.«

»Verdammt!«, fluchte Lea. »Wir können jetzt nicht suchen oder warten. VIUA, wie lange noch, bis der Transfer beginnt?«

»Achtundvierzig Sekunden«, antwortete VIUA.

»Okay«, sagte Lea. »Wir machen es wie besprochen. Du und Specht, ihr bleibt hier und versucht, die Kinder aus der Hypnose zu wecken. Anschließend kommt ihr nach. Wir tauchen jetzt ab! Seid ihr bereit?«

»Ja!«, antwortete Marvin.

»Ja!«, sagte auch Emily. Und brüllte gleich darauf los: »Perry, pass auf!«

Einer der beiden Venomier, die Perry im Schlepptau hatte, war wieder zu sich gekommen und fing an, wild zu zappeln. Perry konnte noch einmal kurz Luft holen, dann wurde er unter Wasser gezogen.

»Perry!«, rief Lea entsetzt.

Doch da tauchte er auch schon wieder auf. Zumindest war sein Kopf kurz im aufschäumenden Wasser zu sehen. Er kämpfte mit dem Venomier. Dann war er wieder verschwunden. Auf der Wasseroberfläche war nur noch ein weißes Sprudeln zu sehen, aus dem mal eine Hand, dann wieder ein Arm und dann zwei Füße aufblitzten.

Gerade wollte Marvin seinem Freund zu Hilfe eilen, da brach Perry wieder durch die Oberfläche. Das Wasser um ihn herum beruhigte sich.

»Weg!«, sagte er.

»Was?«, fragte Lea.

»Weg!«, wiederholte Perry. »Genau wie der Venomier von VIUA. Er ist mir aus den Händen gerutscht wie ein glitschiger Fisch, und dann war er weg.«

»Das gibt es doch nicht!«, rief Lea verärgert.

»Noch fünfzehn Sekunden bis zum Start!«, tönte VIUA.

»Mist, verdammter!«, fluchte Lea erneut. »Abtauchen, sofort!«

Alle holten tief Luft und tauchten zusammen mit den verbliebenen Venomiern unter Wasser.

Und dann geschah das Gleiche wie schon einmal zuvor: Am Grund des Sees erschien ein grelles Licht, zu dem sie hinabgezogen wurden. Anders als beim ersten Mal verspürten die Kinder jedoch keine Panik. Der Sinkvorgang dauerte eine kleine Weile an, dann wurde es am Boden wieder dunkel. Dafür leuchtete jetzt über ihnen ein Licht auf. Die Spacekids sackten nicht weiter hinab, sondern die Wasseroberfläche kam ihnen entgegen, als ob jemand den Stöpsel in einer überdimensionalen Badewanne gezogen hatte.

Die Freunde wussten, dass sie jeden Moment im Schwimmbecken der Raumstation auftauchen würden. Ihnen würde es so vorkommen, als wären nur wenige Minuten vergangen, obwohl sie in Wahrheit fast vierundzwanzig Stunden unterwegs wären, bis sie schließlich in der Raumstation landen würden, die hundertvierundachtzig Jahre in der Zukunft lag, um von dort weiter zum Kids' Planet zu reisen.

Gefährliche Pannen

Marvin tauchte als Erster im Schwimmbecken auf. Kurz darauf folgten Emily, Perry und Lea. Zwischen ihnen schwammen die reglosen Körper der vier Venomier.

»Sind sie tot?«, fragte Marvin.

Zugegeben, er wäre nicht sonderlich traurig darüber. Die Venomier hatten sich als gefährliche, aggressive Feinde der Menschen herausgestellt. Aber diese Ansicht behielt er lieber für sich, weil er keine Lust auf langatmige Debatten hatte, weder mit seiner Schwester noch mit Lea oder gar den Androiden von der Weltraumzentrale.

Die Logik, die in seinen Computerspielen vorherrschte, jeden Feind sofort und ohne Bedenken zu beseitigen, fand er jedenfalls wesentlich einleuchtender. Obwohl er zugeben musste, dass es einen Unterschied gab zwischen virtuellen Gegnern und echten Lebewesen, mit denen man es zu tun hatte.

»Nein, sie sind am Leben«, antwortete eine bekannte Stimme.

Zur Überraschung aller war VIUA aus dem Wasser aufgetaucht.

Lea rief entsetzt: »Was machst *du* denn hier? Du solltest doch mit Specht auf der Erde bleiben! Und wie siehst du überhaupt aus?«

Im Zeittunnel war VIUAs Perücke verrutscht und nun klebte sie nass und schief an seinem kahlen Schädel, als hätte jemand einen Eierkopf mit einer matschigen Alge garniert. Er zog sie sich herunter. Seine Brille war bereits bei seinem Sprung vom Dreimeterbrett verloren gegangen.

»Offensichtlich hat da irgendetwas nicht funktioniert«, meldete sich nun auch Specht zu Wort. Der Roboter in Vogelgestalt stand am Beckenrand, schüttelte sein künstliches Gefieder und begann sich sogar mit dem Schnabel zu putzen wie ein echter Vogel.

»Was soll das denn heißen?«, ereiferte sich Lea. »*Irgendwas* hat nicht funktioniert? Das kann doch wohl nicht wahr sein!« Sie war fassungslos. »Jetzt stellt euch nur mal vor, wir –«, fuhr sie fort, biss sich dann jedoch schnell auf die Zunge. Ihr war ein erschreckender Gedanke gekommen: Wenn nun bei ihrem Transport auch irgendwas nicht funktioniert hätte? Wären sie dann womöglich auf einem völlig fremden Planeten gelandet oder auf ewig im All verschollen?

Lea beschloss, ihre Überlegungen besser für sich zu behalten. Sie hatten so schon genug Probleme am Hals, da wollte sie die anderen nicht noch mehr beunruhigen.

»Wir sollten die Venomier jetzt aus dem Wasser

holen. Sind die Security-Androiden da, VIUA?«, sagte sie stattdessen.

In dem Moment öffnete sich auch schon die automatische Sicherheitstür und zwei Androiden kamen herein, die allerdings aussahen wie ganz gewöhnliche Roboter. Die Androiden der Weltraumzentrale sowie die Wissenschaftler, die für das Kids'-Planet-Projekt verantwortlich waren, hatten es offenbar nicht für nötig gehalten, dem Wachpersonal menschenähnliche Züge zu geben. Zwar besaßen die Robots Beine, Arme, Hände und einen Kopf, aber alle Teile waren aus Metall. Ihre Augen sahen aus wie gewöhnliche Kameralinsen und anstelle der Ohren und des Mundes hatten sie Schwingungsmembranen. Anders als die Androiden, die mit ihren künstlichen Riechorganen tatsächlich Gerüche identifizieren konnten, besaßen die Robots auch keine Nasen.

»Nehmt die Venomier in Gewahrsam!«, befahl Lea.

Die Spacekids schoben die schwimmenden Venomierkörper an den Beckenrand, wo die Robots sie heraushoben wie Fliegengewichte, obwohl sie genauso viel wogen wie Menschenkinder. Lea nahm mit Beruhigung zur Kenntnis, dass die Robots offenbar über mindestens ebenso viel Kraft verfügten wie die Venomier.

»Wo werden sie hingebracht?«, fragte Lea VIUA.

Der Androide hievte sich aus dem Wasser und war auf der Stelle trocken – er hatte keinerlei Wasser angenommen, weder sein Körper noch seine Sachen. Lea kletterte hinter ihm aus dem Becken und sah an sich herunter. Mit ihrem Overall war es das Gleiche. Er fühlte sich nicht mal mehr klamm an, nur ihre Hände, ihr Gesicht und ihre Haare waren noch nass. Vergeblich sah sie sich nach einem Handtuch um.

»Es gibt hier an Bord einen Arrestraum«, informierte VIUA die Kinder, die inzwischen alle aus dem Wasser gestiegen waren.

Lea schaute den beiden Robots nach, die jeweils einen Venomier davontrugen.

»Und du bist ganz sicher, dass sie noch leben?«, fragte sie.

»Ja«, bestätigte VIUA.

»Heißt das, die beiden Venomier, die wir zurückgelassen haben, leben auch noch?«, hakte Perry sofort nach.

»Die Wahrscheinlichkeit liegt bei fünfundneunzig Prozent«, antwortete VIUA.

Also hatte Perry richtig vermutet, dass die Außerirdischen im Wasser eine regungslose Schutzhaltung eingenommen hatten. Sobald die akute Bedrohung aber vorbei war, erwachten sie wieder zum Leben, so wie der Venomier, der Perry plötzlich im See attackiert hatte. Allen war klar, was das bedeutete: Die auf der Erde gebliebenen Außerirdischen stellten für die Menschen nach wie vor eine große Gefahr dar.

»Und was ist mit den gefangen genommenen Kindern?«, fragte Emily. »Konnten die sich wenigstens befreien?«

»Darüber habe ich noch keine Information«, erklärte VIUA. »Aber da vier Venomier mit uns gereist sind und die verbliebenen vorübergehend ohne Bewusstsein waren, besteht die Chance, dass die Kinder in dieser Zeit aus ihrem hypnoseähnlichen Zustand erwacht sind, weil niemand mehr ihre Gehirne manipulieren konnte.«

»Hoffentlich!«, sagte Lea. »Wenn sie zu sich gekommen sind, werden sie ja wohl sofort nach Hause gelaufen sein.«

Perry blieb skeptisch. Er erinnerte die anderen daran, dass bei den Venomier-Attacken im All immer nur ein Besatzungsmitglied hypnotisiert und manipuliert worden war: zuerst Marvin, als er ihre Raumfähre von außen repariert hatte, dann Lea, nachdem sie Marvin aus seiner merkwürdigen Starre herausgerissen hatte. Und bei der Besatzung des asiatischen Raumschiffs hatte es als Einzigen den Navigator erwischt. Damals hatte VIUA ihnen erklärt, dass die Venomier nicht über ausreichend geistige Energie verfügten, um mehr als eine Person gleichzeitig hypnotisch zu manipulieren.

»Im Freibad aber hatten sie zig Kinder auf einmal in ihrer Gewalt!«, führte Perry weiter aus. »Wie konnte das geschehen? Sind die Venomier stärker geworden?«

»Das haben wir noch nicht herausgefunden«, erklärte VIUA. »Vielleicht verfügen die Venomier auf der Erde über mehr Energie. Vielleicht handelt es sich hier aber auch um geistig besonders starke Venomier, die dazu in der Lage sind. Möglicherweise haben sie auch irgendeine Art Verstärker benutzt. Vielleicht sind die entführten Menschenkinder empfänglicher für Manipulationen als ihr oder die Spacekids aus Asien. Kurzum: Wir wissen es noch nicht.«

Beruhigend war VIUAs Antwort jedenfalls nicht, fand Perry. Im Klartext bedeutete das nämlich, dass die Venomier möglicherweise jederzeit die gesamte Spacekids-Besatzung angreifen konnten.

»Ist der Arrestraum denn so abgeschirmt, dass sie uns mit ihrer Hypnose nichts anhaben können?«, fragte Emily nach.

»Nein!«, lautete die noch beunruhigendere Antwort.

»Na toll!«, kommentierte Lea. »Wir haben die vier Venomier gefangen, aber vielleicht gewinnen sie sofort die Gewalt über uns, sobald sie wieder aufwachen? Das sind ja schöne Aussichten!«

»Auf mich und Specht haben sie keinen Einfluss«, erinnerte VIUA. »Auf die Security Robots auch nicht. Falls es so weit kommen sollte, werden wir euch retten.«

»Alles klar!« Lea klatschte in die Hände. »Genug geredet. Es gibt eine Menge für uns zu tun. Als Erstes müssen wir das Raketenschiff der Venomier aufspüren und unschädlich machen. VIUA, wo befindet es sich?«

»Etwa vierhundert Millionen Kilometer von der Erde entfernt.«

»Vierhundert Millionen Kilometer?«, wiederholte Perry. »Wow, das ist aber nah. Das entspricht in etwa der größtmöglichen Distanz zwischen Mars und Erde!«

»Richtig«, antwortete VIUA. »Und da sich das Raketengeschwader mit einer Geschwindigkeit von maximal sechsundvierzigtausend Stundenkilometern fortbewegt, hätte es bereits in etwa einem Jahr die Erde erreicht. Es ist Zeit zu handeln.«

»Gut«, sagte Lea. »Dann starten wir am besten sofort.«

»Ja«, sagte VIUA.

»APU gestartet.

Zielgebiet der SRB gesichert.

Luftoberflächenprofiltests und Bewegungstests der SSME gestartet.

Schließen der Visiere!«

Emily, Lea, Marvin und Perry waren mit dem Start-Prozedere bereits bestens vertraut. Sie waren schon einmal von der Raumstation der Zukunft mit einer Raumfähre zurück ins Jahr 2015 geflogen – damals allerdings durch die gekrümmte Zeit eines Wurmlochs zum Kids' Planet. Diesmal flogen sie jedoch zurück, ganz in die Nähe ihres Heimatplaneten.

Sie saßen angeschnallt nebeneinander auf ihren Sitzen, folgten VIUAs Anweisungen und überwachten die zahlreichen Kontrolllampen und Anzeigen, die um sie herum blinkten und leuchteten.

»Auf interne Energieversorgung geschaltet. GO für den automatischen Startsequenzer.«

Alle waren hoch konzentriert bei der Sache. Ab jetzt konnte der Lift-off nur noch durch eine automatische Abschaltung der Haupttriebwerke verhindert werden.

In dem Augenblick rief VIUA: »STOPP!«

Durch die Kapsel ging ein elektronisches Jaulen, das allmählich verebbte, so als ob jemand dem Raumschiff den Saft abgedreht hätte. Alle Systeme wurden heruntergefahren.

»Was ist los?«, fragte Lea. Sie schob ihr Visier hoch. »Warum wird der Start abgebrochen?«

»Eine Meldung von der Weltraumzentrale!«, sagte VIUA. »Ich lege sie auf den Hauptschirm!«

Auf dem größten Bildschirm in der Mitte der Schalttafeln erschien das Gesicht von Eberhard aus der Weltraumzentrale: »Soeben erreicht uns ein Notruf der *Wanaohama ndege*.«

»Der was?«, fragte Marvin.

»*Wanaohama ndege*«, wiederholte VIUA. »Das ist Suaheli und heißt so viel wie Zugvogel. Es ist der Name der Spacekids-Raumfähre aus Afrika.«

»Pst!«, machte Lea.

Sie lauschten weiter der Videonachricht.

»Es liegt eine ähnliche Situation vor wie vor gar nicht allzu langer Zeit mit der asiatischen Raumfähre – das Schiff lässt sich nicht mehr navigieren. Diesmal ist aber nicht der Navigator das Problem. Allen Besatzungsmitgliedern geht es gut. Anscheinend gibt es einfach technische Schwierigkeiten.«

»Anscheinend? Einfach?«, erregte sich Lea. Sie dachte an die technische Panne im Zeittunnel, aufgrund derer VIUA und Specht mit ihnen allen zusammen an Bord der Raumstation gelandet waren, statt wie geplant auf der Erde bei den Kindern zu bleiben. Sie schimpfte: »Was ist das eigentlich für eine Schrotttechnik, mit der ihr uns hier losschickt?«

»Technische Defekte sind in der Raumfahrt ein nie auszuschließender Faktor«, dozierte Eberhard.

»Ja, ja, ist gut!«, winkte Lea verärgert ab. »Also, was ist genau passiert?«

»Die *Wanaohama ndege* fliegt in die falsche Richtung«, berichtete Eberhard. »Nicht zum Kids' Planet, wo sie übermorgen landen sollte, sondern ...«

»Jetzt sag nicht, in den Todesnebel!«, fiel Marvin ihm ins Wort.

Er ahnte nichts Gutes. Genau dorthin war das asiatische Raumschiff seinerzeit abgedriftet. Der Todesnebel war eine riesige Ansammlung von unbewohnbaren Planeten, Meteoriten, Kometen, erloschenen Sonnen, Supernovas und schwarzen Löchern. Dort war es gefährlich und man musste mit allem rechnen.

»Möglicherweise schlimmer als das«, entgegnete Eberhard in nüchternem Ton.

»Schlimmer?« Jetzt war es Perry, der sich aufregte. »Was soll denn bitte schlimmer sein als die Todesnebel-Galaxie, in der alles versammelt ist, was das All an Gefährlichem zu bieten hat?«

»Ein unbekannter Sternhaufen!«, antwortete Eberhard. **»Ein sogenannter faint extended cluster.«**

»Wow!«, rief Perry sichtlich beeindruckt.

Seine Schwester warf ihm einen scharfen Blick zu. »Darf ich mal erfahren, was dich gerade so umhaut, Brüderchen?«

»Eigentlich kennt man nur zwei Arten von Sternhaufen«, erläuterte der Astronomie-Experte Perry. »Offene Sternhaufen und Kugelsternhaufen. Ein *faint extended cluster* ist etwas dazwischen. Dieses Phänomen wurde erst 2002 entdeckt. Aber jetzt, über zweihundert Jahre in der Zukunft, sollte es doch wohl bekannt sein.«

»Ist es auch«, bestätigte Eberhard. **»Aber dieser hier ist völlig neuartig. Er erschien buchstäblich aus dem Nichts. Deshalb nennen wir ihn auch Ghost Cluster.«**

»Ghostbuster?«, fragte Marvin nach.

»Ghost Cluster!«, berichtigte Eberhard. **»Cluster bedeutet in eurer Sprache so viel wie Traube oder Klumpen. Wir wissen also auch nicht, was die Wanaohama ndege erwartet, wenn sie diesen Cluster erreicht.«**

»Verdammt!«, fluchte Lea wieder. »Das heißt, wir müssen ihnen nach und sie zurückholen?«

»Ihr könnt aber nicht an zwei Orten gleichzeitig sein«, gab Eberhard zu bedenken. **»Schon gar nicht,**

wenn sie so weit auseinanderliegen. Ihr müsst euch um das Raketenschiff der Venomier kümmern.«

Jetzt erkannte Lea die ganze Tragweite des Problems und sie wusste, zu welchem Schluss die Androiden bei diesem Dilemma kommen würden: dass sie das Spacekids-Raumschiff aus Afrika seinem Schicksal überlassen sollten, um das Raketenschiff aufzuhalten.

Die Überlegungen der Androiden basierten allein auf logischen Prinzipien: Moral, Mitleid, Empathie spielten dabei keine Rolle. Zehn Kinder zu opfern, um die gesamte Menschheit retten zu können, war rational betrachtet die richtige Entscheidung – menschlich war sie jedoch nicht. Genau aus diesem Grund wurden solche Entscheidungen nicht von Androiden getroffen, egal wie hoch entwickelt sie auch waren, sondern nur von Menschen.

Jetzt war es also an Lea, zu bestimmen, was in dieser vertrackten Situation getan werden sollte. Und sie weigerte sich zu akzeptieren, dass man nicht beide – die afrikanischen Spacekids und die Menschheit – retten konnte.

»Das kann nicht funktionieren«, warnte VIUA noch einmal. **»Wir müssen die *Wanaohama ndege* aufgeben, um das Raketengeschwader der Venomier aufzuhalten. Beides geht nicht.«**

»Wenn wir zwei Raumschiffe hätten, könnten wir uns aufteilen«, überlegte Emily laut.

»Haben wir aber nicht«, erwiderte VIUA.

Doch Lea widersprach. »Natürlich haben wir die. Und deine Idee ist die Lösung, Emily! VIUA, ich brauche eine Verbindung zu Daisuke auf Kids' Planet!«

»Genau!«, rief Perry aus.

Die zehn Spacekids vom asiatischen Kontinent hielten die Stellung auf dem Ersatzplaneten. Und soweit sie wussten, schien die Lage dort ruhig und unter Kontrolle zu sein. Also konnten sie mit ihrem Raumschiff, der *Fēichuán zi nù*, eine Abordnung losschicken, um entweder dem afrikanischen Raumschiff zu helfen oder sich dem Raketengeschwader der Venomier entgegenzustellen.

»**Verbindung hergestellt. Captain Daisuke ist auf dem Schirm!**«, teilte VIUA mit.

Als Lea und ihre Crew Daisuke zum ersten Mal gesehen hatten, waren sie ziemlich überrascht gewesen. Der Captain der *Fēichuán zi nù* war ein Rikishi, wie die Sumokämpfer in Japan genannt wurden, und sah auf den ersten Blick unglaublich dick und schwerfällig aus. Dabei war er in Wahrheit ein durchtrainierter Spitzenathlet. Sein rundes Gesicht erschien jetzt mit einem breiten Lächeln auf dem Monitor.

»Hallo, Daisuke!«, begrüßte Lea ihn.

Man konnte deutlich sehen, dass er im Saloon stand, dem zentralen Treffpunkt auf Kids' Planet. Hinter ihm saßen Xiaomeng, die Erste Offizierin, Chi, ihr Koch, und ...

»Türilü!«, rief Emily entzückt dazwischen.

Auf Xiaomengs Schulter hockte ein kleines Wesen, dessen Gesicht auf den ersten Blick große Ähnlichkeit mit einem Mausmaki-Äffchen hatte. Der Kopf war allerdings nackt und weiß statt mit braunem Fell bedeckt. Der Körper des fremden Wesens erinnerte an einen Miniaturdrachen, mit einem langen Hals und einem Zackenkamm, der sich über den Rücken bis zur Schwanzspitze zog, so wie man es nur von Echsen kannte. Die kleinen Hände mit den zierlichen Fingern dagegen sahen wieder so aus wie die eines Affen. Perry hatte das kleine Ding mal im bunten Dschungel entdeckt, wo es ihm den Weg gewiesen hatte. Seitdem wussten die Spacekids, dass das Äffchen sehr intelligent und nicht eindeutig der Kategorie Tier zuzuordnen war. Wegen der seltsamen vogelartigen Laute, die es von sich gab, wurde es Türilü genannt.

»Geht es ihm gut?«, fragte Emily.

»Wie du siehst«, antwortete Xiaomeng, winkte in die Kamera und stupste das Türilü an, worauf es flink von ihrer Schulter sprang und außer Sichtweite flitzte.

Emily seufzte enttäuscht.

»Schön, euch zu sehen!«, nahm Daisuke das Gespräch wieder auf. »Was gibt's Neues?«

Lea erzählte in knappen Sätzen, was los war. »Und da habe ich mir gedacht«, endete sie ihren Bericht, »dass ihr einen Teil eurer Besatzung losschicken könntet, um das Raketenschiff der Venomier ins Visier zu nehmen und einen Angriff vorzubereiten. Sobald wir die afrikanische Raumfähre zurückgeholt haben, kommen wir dann nach, um euch zu unterstützen – entweder mit einem Schiff oder mit zweien, je nachdem.«

»Wir bekommen ein Energieproblem, wenn wir drei Raumschiffe durch die Zeit schicken«, warnte VIUA.

Doch Lea winkte ab. »Wenn wir das *nicht* schaffen, bekommen wir auf der Erde ganz andere Probleme!«

»Ich denke, das ist ein guter Plan«, stimmte Daisuke zu.

»Das ist ein dummer Plan«, widersprach VIUA. »Alle Kräfte sollten jetzt darauf verwandt werden, das venomische Kriegsschiff zu besiegen, um den Planeten Erde zu retten. Alles andere ist eine Fehlentscheidung!«

»Nein!«, entgegnete Lea. »Wir dürfen die Kinder aus Afrika nicht im Stich lassen.«

»Das sehe ich genauso«, pflichtete Daisuke ihr bei. »Wärt ihr uns seinerzeit nicht zu Hilfe gekommen, hätte das Ganze böse für uns geendet. Ist doch klar, dass wir die afrikanische Crew jetzt nicht hängen lassen.«

»Die Spacekids aus Asien haben aber die Aufgabe, die Basis der Venomier auf Kids' Planet ausfindig zu machen«, meldete VIUA sich erneut zu Wort.

»Sind wir doch schon dabei!«, versicherte Daisuke. »Im Moment ist wieder ein Vierertrupp draußen unterwegs. Aber ehrlich gesagt fehlt uns Specht hier. Wir haben keinen anderen fliegenden Androiden.«

»Gab es eigentlich mal wieder irgendein Lebenszeichen von den Venomiern?«, fragte Perry.

Seit eine Abordnung der feindseligen Außerirdischen auf der Erde gelandet war, hatte man auf Kids' Planet keinen von ihnen mehr gesichtet, so berichtete Daisuke. Dennoch waren alle sich einig, dass es noch weitere Venomier auf Kids' Planet geben musste.

»Aber bisher haben wir nicht mal eine Spur«, räumte Daisuke ein.

»Okay«, sagte Lea. »Jetzt kümmern wir uns erst einmal um die *Wanaohama ndege* und ihre Besatzung. Und ihr stellt eine Crew zusammen, die dem Kriegsschiff entgegenfliegt.«

»Machen wir«, sagte Daisuke zu. »Viel Glück!«

»Euch ebenso!«

Zum Abschied winkten alle, dann beendete VIUA die Verbindung.

»Also«, sagte Lea. »VIUA, du hast es gehört. Wir nehmen Kurs auf die *Wanaohama ndege*.«

»Ja«, bestätigte VIUA. **»Ich habe es zur Kenntnis genommen und leite erneut den Startvorgang ein.«**

Marvin prüfte, ob er sich auch richtig angeschnallt hatte. Er hatte keine Lust, aus seinem Sitz herauszuschweben und durch die Kapsel zu eiern.

»Sind die gefangenen Venomier sicher untergebracht?«, fragte Lea.

»Ja«, meldete VIUA. **»Sie befinden sich im Arrestraum und sind angeschnallt und fluchtsicher fixiert.«**

»Fluchtsicher fixiert!«, wiederholte Perry spöttisch. Er fand es immer wieder lustig, wie merkwürdig sich die Androiden ausdrückten.

»Gut«, sagte Lea. »Dann wollen wir mal.«

Die Spacekids waren bereit: Sie würden von der zweihundert Jahre in der Zukunft liegenden Raumstation in der Zeit zurückzureisen, um dem afrikanischen Raumschiff zu Hilfe zu eilen, das etwa 1,5 Lichtjahre von Kids' Planet entfernt in einer unbekannten Galaxie auf einen *faint extended cluster* zusteuerte.

»Ready to go!«, sagten die Kinder der Reihe nach.

VIUA, der hinter ihnen Platz genommen hatte, stand in Verbindung mit der Weltraumzentrale und fragte: **»Specht, ready to go?«**

Specht, der als Cheftechniker der *Kids' Settlement One* an seinem Lieblingsplatz, der Schaltzentrale des Raumschiffs, saß, gab grünes Licht.

VIUA fuhr mit dem Start-Protokoll fort. **»Crew is ready to go. Specht, alle Systeme bereit machen! Treibstoff?«**

»Okay«, piepste Specht.

»Triebwerke?«

»Okay.«

»Instrumente?«

»Okay.«

»Druckausgleich?«

»Okay.«

»Sauerstoffversorgung für humanoide Besatzung?«

»Okay.«

Als alles abgeklärt war, verkündete VIUA: »*Kids' Settlement One* is go for launch. Ready for countdown.«

Eine Automatenstimme begann von zehn herunterzuzählen: »Ten, nine, eight ...«

»... one, zero. Lift-off. We have a lift-off!«

Perry hörte einen dumpfen Knall, genau wie bei ihrem ersten Start. Die Triebwerke hatten gezündet. Die Raumfähre setzte sich vibrierend in Bewegung. Marvin freute sich schon auf die gleich einsetzende unglaubliche Beschleunigung, die einfach alles übertraf, was er und Perry je in einem Fahrgeschäft oder einer Computersimulation erlebt hatten. Er wurde in seinen Sitz gepresst, dass ihm beinahe die Luft wegblieb.

Dann hob die Raumfähre kraftvoll von der Raumstation ab, schoss los durch den Weltraum und raste in das unvorstellbar tiefe Schwarz des Alls hinein.

Notlandung!

Kaum waren Lea und ihre Crew heil ins Universum 2015 eingedrungen, begannen Emily und Marvin mit der Suche nach der *Wanaohama ndege*. Nach fünfzehn Minuten wurden sie fündig.

»*Wanaohama ndege* geortet!«, rief Emily und gab ihre Daten an Marvin durch, der sie sofort durch den Rechner laufen ließ.

»Wenn wir Höchstgeschwindigkeit fliegen und die *Wanaohama ndege* ihre Geschwindigkeit konstant beibehält, haben wir sie in drei Stunden eingeholt«, berichtete er.

»Gut«, sagte Lea. »Dann Höchstgeschwindigkeit!«

»Es gibt da allerdings ein Problem«, fuhr Marvin fort. »In zwei Stunden tritt die *Wanaohama ndege* in den Ghost Cluster ein. Und wir auch, wenn wir ihr weiter folgen.«

Lea richtete sich auf. »Was? Welche Möglichkeiten haben wir? Können wir sie vorher ausbremsen und umlenken?«

Marvin schüttelte den Kopf. »Ich sehe da keine Chance, Captain. Du, Commander Perry?«

Auch Perry verneinte.

»VIUA? Specht?«, forderte Lea die beiden Roboter auf.

Doch auch sie hatten keine Lösung parat. **»Entweder wir folgen ihnen in den unbekannten Sternhaufen oder wir geben sie auf«**, erklärte VIUA. **»Ich hatte ja bereits vor unserem Abflug darauf hingewiesen, dass ...«**

»Danke, das reicht!«, schnitt Lea dem Androiden das Wort ab.

VIUA verstummte.

»Emily? Perry? Marvin? Ich denke, wir sollten tun, weshalb wir hergekommen sind – die afrikanischen Spacekids retten. Oder?«

»Aye, aye, Captain!«, riefen die drei wie aus einem Munde.

Lea lächelte zufrieden, doch dann wurde sie sofort wieder ernst. Allen war klar, dass sie sich auf ein höchst gefährliches Abenteuer einließen. Niemand wusste, was sie in der unbekannten Galaxie erwartete. Möglicherweise hatten sie nur noch wenige Stunden zu leben. Und dann könnten sie sich auch nicht mehr um die Rettung des Planeten Erde kümmern. Vielleicht war es eine falsche Entscheidung, die der gesamten Menschheit das Leben kosten würde. Doch Lea war bereit, diesen Weg zu gehen, denn es war die einzige Chance, die Kinder aus Afrika zu retten.

»Emily, ist eine Kontaktaufnahme zur *Wanaohama ndege* möglich?«

»Noch nicht, ich versuche es schon, seit wir hier im Zeituniversum angekommen sind.«

»VIUA, wann hatte die Zentrale zuletzt Kontakt mit der *Wanaohama ndege*?«, fragte Lea.

»Der einzige Kontakt war der Notruf«, antwortete VIUA. »Danach kam nichts mehr.«

»Verflixt, das heißt, dass sie möglicherweise nicht nur mit der Navigation oder der Steuerung Probleme haben, sondern auch mit der Kommunikation. Bleib dran, Emily!«

»Sowieso, Captain.«

»Captain?«, meldete Perry in seiner Funktion als Pilot. »Irgendwas stimmt hier nicht!«

»Und was?«, fragte Lea.

»Ich versteh's auch nicht«, sagte er. »Unsere Motoren sind aus.«

»Was? Wieso das denn? Ich hab doch angeordnet, dass –«, begann Lea.

»Ja, ja, ich weiß«, unterbrach Perry sie. »Ich habe sie ja auch nicht ausgeschaltet. Das ging von selbst. Seltsamerweise fliegen wir trotzdem mit Höchstgeschwindigkeit!«

Lea hoffte, sich verhört zu haben. »Wie? Schon wieder eine technische Panne? Specht?«

»Kein technischer Defekt«, meldete Specht. »Unsere Motoren wurden von außen abgeschaltet.«

»Von außen?«, fragte Lea verwundert. »Stecken etwa wieder die Venomier dahinter?«

»Nein«, sagte VIUA. »Wir sind zu weit von ihnen entfernt. Die Wahrscheinlichkeit, dass die Venomier bis hierhin Einfluss auf uns oder unsere Technik nehmen können, ist sehr gering.«

»Bist du sicher, dass unsere Motoren nicht einfach ausgefallen sind?«, hakte Lea nach.

»Ja«, erwiderte Specht. »Sie wurden aktiv von außen abgeschaltet. Wir können sie auch nicht neu starten. Ein technischer Fehler liegt aber nicht vor, das habe ich gecheckt. Jemand hat, wenn man so will, die Kontrolle über unser Raumschiff übernommen.«

»Deshalb fliegen wir auch nach wie vor mit Höchstgeschwindigkeit, obwohl die Motoren aus sind«, überlegte Perry. »Wir werden gezogen.«

»Moment, Moment!«, wandte Lea ein. »Wie soll ich mir das vorstellen? Dass uns eine unsichtbare Kraft abschleppt wie ein schrottreifes Auto?«

»Ja, so ungefähr«, sagte Perry. »Und das mit Höchstgeschwindigkeit.«

»Heißt dass etwa, die *Wanaohama ndege* hat gar kein Problem mit ihrer Steuerung oder den Motoren, sondern hängt ebenfalls am Abschlepphaken?«

»Das wäre möglich«, bestätigte Specht.

»Perry, Marvin, können wir manövrieren?«, fragte Lea.

»Im Moment nicht«, stellte Marvin fest. »Wir werden

wie von einem Magneten angezogen, gegen den wir nichts ausrichten können.«

Lea überlegte und kam zu dem Schluss: »Gut, dann warten wir erst einmal ab. So wie's aussieht, werden wir von irgendjemandem geholt. Vielleicht erfahren wir bald, wer das ist und warum er das tut. Wie weit sind wir von der *Wanaohama ndege* entfernt?«

»Der Abstand verringert sich weiterhin«, sagte Marvin, »weil wir unvermindert mit voller Geschwindigkeit ... Halt! Jetzt nicht mehr. Wir werden langsamer ... Moment!«

Marvin beobachtete seine Kontrollinstrumente und sah, dass die Geschwindigkeit ihres Raumschiffs abnahm, bis sie im gleichen Tempo flogen wie die afrikanische Raumfähre.

»Wie bei einer Achterbahnfahrt«, bemerkte Marvin. »Wir bewegen uns wie auf unsichtbaren Schienen, mit automatisch gesteuerter Geschwindigkeitsregelung. Und wir haben keinen Einfluss darauf.«

»In einer Achterbahn kommt man aber irgendwann wieder am Ausgangspunkt an«, entgegnete Lea. »Ich glaube nicht, dass das hier auch so sein wird.«

Dennoch war Marvins Vergleich nicht ganz von der Hand zu weisen.

Im Kommandoraum wurde es plötzlich stockfinster. Sämtliche Kontrolllampen gingen aus. Das Raumschiff begann zu schlingern und seine Insassen wurden durchgeschüttelt. Draußen blitzte und rumste es, als ob man mit einem Flugzeug durch eine heftige Gewitterfront flog.

»Helme auf!«, brüllte Lea.

Wenn das Licht ausfiel, waren unter Umständen auch die anderen Systeme betroffen, einschließlich der Heizung und der Luftzufuhr. Zum Glück trugen sie die Raumanzüge, die für eine konstante Körpertemperatur sorgten. Ihre Helme verbanden sich automatisch mit der Luftzufuhr aus den Raumanzügen.

»Vollständiger Stromausfall!«, meldete Specht über den Funk. »Alle Systeme auf null! Wir fliegen durch ein massives Magnetfeld!«

»Hast *du* alles ausgeschaltet, Specht?«

»Nein«, antwortete Specht. »Hätte ich jetzt aber getan, sonst würden viele unserer Geräte durch den Magneteinfluss irreparabel beschädigt werden. Indem man sie ausschaltet, werden sie verschont.«

Dann ist das Ganze womöglich gar nicht Teil eines Angriffs, sondern sogar zu unserem Schutz?, überlegte Lea. Das ließ hoffen, dass man, wer auch immer dahintersteckte, ihnen nicht unbedingt etwas Böses wollte.

Plötzlich blinkten die ersten Leuchten wieder auf und ein paar Geräte vollführten einen automatischen Reset.

»Sind wir jetzt durch das Magnetfeld durch?«, fragte Lea.

Keine Antwort von Specht.

»Specht?«

Er schwieg.

»VIUA, was ist mit Specht?«

Auch von VIUA kam nichts.

Lea drehte sich zu ihm um. VIUA saß hinter ihr zusammengesunken auf seinem Platz und machte den Eindruck, als würde er tief schlafen. Aber Androiden schliefen nicht. Lea ahnte, was passiert war.

»Du liebe Zeit!«, rief sie aus. »Das Magnetfeld! Weiß jemand, wie man die beiden resettet?«

»Ich!«, meldete sich Emily. Das autosuggestive Lernprogramm, mit dessen Hilfe die Kinder quasi im Schlaf zu Astronauten ausgebildet worden waren, hatte sie mit unterschiedlichen Spezialfähigkeiten ausgestattet. Oft wurden sich die Kinder ihrer vielschichtigen Kenntnisse allerdings erst bewusst, wenn sie gefordert waren.

»Hilf mir mal«, bat Emily. »Wir müssen VIUA losschnallen und rüberbringen ins Energiemodul.«

Lea schnallte sich ab. Mittlerweile kamen sie gut mit der Schwerelosigkeit zurecht und konnten sich bewegen, ohne unkontrolliert durch den Raum zu trudeln und gegen Wände zu knallen. Sie hätten auch ihre Spezialschuhe anziehen können, mit denen man am Boden haften blieb und ganz normal gehen konnte. Doch manche Dinge erledigten sich schwebenderweise schneller und leichter. So wie jetzt. Sie mussten VIUA nicht tragen, sondern zogen ihn mit sich, während sie hinüber ins Energiemodul schwebten.

»Wir müssen ihn anschließen und können dann einen Reset durchführen«, sagte Emily.

»Anschließen? Wo?« Lea wunderte sich eigentlich weniger darüber, dass man einen Androiden an Strom anschließen konnte, als darüber, dass man ihr dieses Reset-Verfahren im Lernprogramm nicht erklärt hatte.

Emily öffnete eine Klappe an der Wand, zog ein weißes Kabel heraus, packte VIUAs Kopf, drückte mit dem Daumen auf die linke Schläfe und klappte sein Ohr weg wie den Tankdeckel eines Autos. Lea wusste natürlich, dass VIUA ein Androide, also ein Roboter war, trotzdem erschrak sie bei dem Anblick.

»Halt ihn mal fest, damit er nicht wegdriftet!«, bat Emily. Sie schob das Kabel in eine Buchse hinter dem Ohr.

Lea konnte sich das Lachen nicht verkneifen. »Hihi. Da fällt mir doch der eine oder andere Junge aus unserer Klasse ein, dessen Hirn ich auch liebend gern mal resetten würde.«

Emily grinste. »Ach ja? Wen hast du da so im Sinn?«

Lea errötete und winkte schnell ab. »Ach, so im Allgemeinen eben.«

»Soso!«, spöttelte Emily. Erneut drückte sie auf VIUAs Schläfe und gleichzeitig eine Taste auf einem Schaltfeld an der Wand. VIUA zuckte kurz.

»Das dauert jetzt leider zehn Minuten.« Emily zeigte auf eine Digitalanzeige, die anfing, rückwärtszuzählen. »So lange müssen wir VIUA hier fixieren.«

Sie zog einen Gurt hinter einer Wandklappe heraus und machte VIUA daran fest, sodass er wie ein Luftballon an der Schnur im Raum schwebte. »Danach ist er wiederhergestellt und kann sich um Specht kümmern.«

»Captain?«, meldete sich Perry über Funk. »Bitte komm schnell!«

»Was gibt's?«, fragte Lea.

»Da ist plötzlich etwas Seltsames vor uns aufgetaucht. Das musst du dir selbst ansehen!«

»Können wir ihn hier so allein lassen?«, fragte Lea.

Emily nickte. »Ja, kein Problem. Wenn der Reset abgeschlossen ist, wird er aufwachen und sich selbst abstöpseln.«

Lea stieß sich ab und schwebte an der Wand entlang zurück in die Kommandokapsel. Emily folgte ihr. Beide Mädchen nahmen wieder ihre Plätze ein und schnallten sich an.

Lea schaute zum großen Monitor. Darauf war ein frei im All schwebendes Gebilde zu sehen, wie eine gigantisch große, transparente Röhre, die abwechselnd in verschiedenen Farben aufleuchtete. Zuerst rot, dann gelb und nun dunkelblau.

»Was ist das?«, fragte Lea.

»Keine Ahnung!«, antwortete Perry. »Und leider können uns VIUA und Specht im Moment auch nicht weiterhelfen.«

»Kannst du schon sagen, wie groß das Ding ist?«, wollte Lea wissen.

Perry blickte auf seinen Computer. »Groß genug, dass unsere beiden Raumschiffe dort reinpassen.«

Lea zog erstaunt die Augenbrauen hoch. Auf den Gedanken, in die Röhre reinzufliegen, war sie noch gar nicht gekommen. »Da kann man rein?«

»Die *Wanaohama ndege* wurde soeben von dem Ding verschluckt«, berichtete Perry. »Das Teil tauchte aus dem Nichts auf, hat sich um neunzig Grad geneigt und das Raumschiff eingesogen. Dann hat es sich wieder aufgerichtet. Und jetzt scheint es uns auch noch holen zu wollen. Marvin?«

»Unter den aktuellen Bedingungen erreichen wir die Öffnung der Röhre in etwa zwanzig Minuten!«, teilte Marvin mit, was sein Navigationscomputer soeben ausgerechnet hatte.

»Kontakt zur *Wanaohama ndege?*«, fragte Lea.

»Nein, noch immer nicht«, antwortete Emily.

»Verdammt, was ist das? Wenigstens wird VIUA wieder wach sein, bevor wir bei dem Ding ankommen. Ich hoffe, er kann uns mehr dazu sagen.«

»Unwahrscheinlich«, sagte Perry. »Wir sind schließlich inmitten des Ghost Clusters. Das ist für alle völlig unbekanntes Terrain.«

»Das ist eine Botschaft!«, rief Emily plötzlich.

»Von der *Wanaohama ndege?*« *Endlich!*, dachte Lea. *Wurde auch Zeit!*

Doch Emily musste sie enttäuschen. »Ich rede von den wechselnden Farben. Das ist eine Mitteilung an uns!«

Sie klickte sich durch etliche Sprachidentifikations- und Übersetzungsprogramme.

»Und was soll das jetzt heißen?«, fragte Marvin.

»Moment, Moment!« Emily tippte etwas in ihren Computer, wartete, tippte erneut, wechselte die Programme. »Ohne VIUA dauert es etwas länger. Aber gleich ... Moment ...«

Lea sah, dass Emily das Lichtspiel der Röhre aufgezeichnet hatte und nun die Sequenz mehrmals hintereinander durch den Computer laufen ließ, um sie mit einem entsprechenden Programm zu entschlüsseln. »Nein ...«

»Wie nein?«, fragte Lea.

»Das Programm kann es nicht übersetzen. Es hat zwar erkannt, dass es sich um eine Art Sprache handelt, aber es versteht sie nicht!«

Lea hätte sich jetzt gern frustriert nach hinten in den Sitz fallen lassen, aber das ging in der Schwerelosigkeit nicht. Stattdessen stöhnte sie nur auf: »Oh Mann, immer wenn man die Technik braucht, versagt sie.«

Natürlich stimmte das so nicht, aber alle wussten, was Lea meinte. Das Farbenspiel konnte ebenso eine nette Begrüßung sein wie auch eine Warnung oder Drohung; Genaueres würden sie vermutlich erst erfahren, wenn es zu spät war.

Lea warf einen Blick zum Energiemodul. »Vielleicht haben wir Glück und VIUA weiß doch mehr?«

Emily sah sich wieder und wieder die aufgezeichnete Sequenz an.

»Ich glaube, es ist eine Sprache der Symbolik, jedenfalls nichts mit Buchstaben oder Schriftzeichen«, sinnierte sie. Sie tippte erneut etwas in ihren Computer ein.

»Klar!« Sie schlug sich mit der Hand vor die Stirn. »Einfacher, als man denkt.«

»Emily!«, warf Lea dazwischen. »Was murmelst du denn da vor dich hin?«

»Auf der Erde gibt es im Tierreich ähnliche Formen der Kommunikation«, erläuterte Emily. »Libellen, die sich rot färben, um Paarungsbereitschaft zu signalisieren, oder knallbunte Frösche, die damit zeigen, dass sie giftig sind, oder Chamäleons, die je nach Stimmung ihre Farbe wechseln, und so weiter. Ich glaube, man muss die Farben der Röhre in diese Richtung interpretieren. Hier, seht mal: Rot, Gelb, Blau. Immer im gleichen Rhythmus.«

»Und was heißt das nun?« Perry war nach wie vor ratlos.

»Na ja, wenn das eine Botschaft an uns sein soll, dann können wir die ja nur verstehen, wenn sich derjenige, der sie uns sendet, auch unserer Farbsymbolik bedient. Ansonsten sagt uns das ja nichts. Deshalb müssen wir überlegen, womit diese Farben in unserem

Kulturkreis in Verbindung gebracht werden. Wofür stehen bei uns denn Rot, Gelb und Blau?«, fragte Emily in die Runde.

»Rot für die Liebe«, fiel Lea ein.

»Puh!«, stöhnten Marvin und Perry gleichzeitig.

»Das meinst du nicht ernst, oder?«, fragte Perry. »Ich denke, Rot steht eher für Wut oder Aggressivität. Sind die Außerirdischen vielleicht wütend, dass wir bei ihnen eingedrungen sind?«

»Das glaube ich eigentlich nicht«, widersprach Emily. »Wer wütend ist, greift an und will nicht kommunizieren. Wie wär's mit Rot für Leben? Blut ist schließlich rot. Womöglich wissen die Fremden, dass Blut durch unsere Adern fließt.«

»Und Gelb?«, fragte Marvin. »Was ist bei uns Menschen denn gelb?«

»Neid?«, fragte Lea.

»Och Mensch, Lea!«, schnaubte Perry. »Du hast wohl zu viele Liebesschnulzen gelesen, oder wie?«

»Quatschkopf!«, entgegnete Lea. »So ist nun mal die Farbsymbolik der Menschen: Rot wie die Liebe, gelb wie der Neid, grün wie die Hoffnung.«

»Schwarz wie die Nacht!«, ergänzte Marvin.

»Ja, und klar wie Kloßbrühe«, zischte Perry verächtlich. »Leute, das glaubt ihr doch selbst nicht, dass die Außerirdischen sich mit solchem Kitsch abgeben?«

»Ich glaube auch, dass wir die Farben ursprünglicher deuten müssen«, sagte Emily in deutlich sachlicherem Ton. »Rot wie Blut und Blut wie Leben. Okay. Dann vielleicht gelb wie die Sonne, wie Licht?«

»Oder wie Sand«, schlug Lea vor. »So strahlend wie die Sonne finde ich das Gelb gar nicht, wenn ich's mir genau ansehe. Es hat eher einen leicht bräunlichen Stich. Oder was meint ihr?«

»Jetzt, wo du es sagst, ja«, bestätigte Marvin. »Vielleicht hat das Gelb ja zwei Bedeutungen: Sonne und Erde.«

»Und dann Blau für Wasser«, ergänzte Perry.

Emily nickte. »Das denke ich auch.«

»Gut.« Lea fasste zusammen: »Rot wie Leben, gelb wie die Sonne, oder von mir aus auch ocker wie Erde, blau wie Wasser. Und was sagt uns das?«

»Keine Ahnung«, gestand Emily. »Vielleicht soll das eine Beschreibung ihres Planeten sein – demnach wäre er bewohnbar, mit Sonne, Erde, Wasser und Lebewesen, das heißt unserem sehr ähnlich. Möglicherweise wollen sie uns so zu verstehen geben, dass wir keine Angst haben sollen, weil dort, wo wir hingebracht werden, für uns günstige Lebensbedingungen herrschen?«

»Hoffentlich hast du recht«, sagte Lea.

»Wir werden es erfahren, sobald wir da sind. Was gleich der Fall sein wird«, gab Marvin bekannt.

»Ich melde mich zurück«, tönte es fast im gleichen Moment von hinten.

VIUA war wieder zur Stelle.

Emily informierte ihn in aller Kürze über die farbige Röhre. Aber entgegen ihrer Hoffnung konnte auch VIUA nichts weiter zu dem Farbenspiel sagen. Die Vermutungen der Kinder erschienen ihm allerdings plausibel. Er begab sich wieder in das Energiemodul, um Specht zu resetten.

Kurz darauf flog die *Kids' Settlement One* in die Röhre hinein. Lea hatte sie sich auch von innen bunt vorgestellt. Stattdessen flogen sie durch einen weiß strahlenden Tunnel – ein gleißendes Leuchten, so grell wie die Sonne, dass Lea und die anderen schnell ihre UV-Schutzbrillen aufsetzten.

Auweia, dachte sie. *Wenn das mal gut geht!*

Vielleicht wäre es doch klüger gewesen, alles dranzusetzen, um nicht in die Röhre gezogen zu werden. Womöglich hatten sie die Situation vollkommen falsch eingeschätzt. Unter Umständen bot der Planet gar keine günstigen Lebensbedingungen. Das Licht der Sonne zum Beispiel konnte für den Menschen ja auch durchaus gefährlich werden. Es war alles eine Frage der Entfernung beziehungsweise der Temperatur. Hohe Temperaturen konnten eine Planetenoberfläche für sie zur Hölle machen, sehr niedrige ebenso. Sie und ihre Freunde könnten verbrennen oder erfrieren.

»Specht ist wieder voll funktionsfähig!«, meldete VIUA aus dem Energiemodul.

»Die *Wanaohama ndege* ist gelandet!«, verkündete Marvin.

»Gibt es Kontakt zur *Wanaohama ndege?*«, fragte Lea.

Emily verneinte.

Aber nach den Daten zu urteilen, die Marvins Computer ausspuckte, hatte das afrikanische Schiff unbeschadet und sanft aufgesetzt. Die Spacekids blickten gebannt auf den Bildschirm.

»Wir landen!«, meldete Perry plötzlich.

»Was? Wieso? Wer landet unser Raumschiff?«, fragte Lea.

»Ich nicht!«, versicherte Perry. »Das passiert alles von selbst. Die Röhre funktioniert ähnlich wie ein Fahrstuhl, würde ich sagen. Und gleich sind wir am Ziel angekommen.«

»Das kann ich bestätigen«, sagte Marvin.

»Hauptsache, da macht mal langsam jemand das Licht aus!«, rief Lea. »So grell, wie das leuchtet, können wir unmöglich aussteigen. Wie hoch ist denn die Außentemperatur?«

»Eben noch hatten wir minus sechzig Grad. Aber es wird immer wärmer. Zehn Grad plus sind's mittlerweile. Also ganz ähnliche Verhältnisse wie bei einem Reiseflug auf der Erde. Nur dass es draußen wesentlich heller ist.«

»Die Helligkeit kommt aber nicht von der Planetenoberfläche!«, analysierte VIUA, **»sondern von der Röhre.«**

»Die Landung ist abgeschlossen!«, rief Perry.

Die Raumfähre kam zum Stehen. Lea spürte, wie sich das Gewicht ihres Körpers in den Sitz drückte. Die Schwerkraft hatte wieder eingesetzt. Das grelle Leuchten verblasste, als hätte jemand am Dimmer gedreht. Auf den Monitoren und in den Fenstern schimmerte diffuses bläuliches Licht.

»Analyse der Atmosphäre?«, fragte Lea VIUA.

Die Antwort war überraschend: »Hundert Prozent H_2O.«

»Wasser?«, fragte Lea nach.

Und auch Perry bemerkte verwundert: »Wir sind auf dem Meeresgrund gelandet!«

Unter Wasser

Lea sprang auf. »Du liebe Güte, wir sind unter Wasser? Wieso das denn? Ich dachte, der Planet ähnelt der Erde?«

»Er besteht zu achtzig Prozent aus Land«, berichtete VIUA. »Mit Gebirgen, Wüsten, Wäldern und Steppen – alles vorhanden, so ähnlich wie auf der Erde.«

»Und da lassen die uns auf dem Meeresgrund landen? Was soll das?«, fragte Lea. »Die *Wanaohama ndege* auch?«

Perry nickte und zeigte aufs Fenster. »Sie ist da gleich neben uns. Dort kannst du sie sehen.«

Lea schaute aus dem Fenster und stellte erstaunt fest, dass die afrikanische Raumfähre in Tarnmuster lackiert war, ganz anders als die titangraue *Kids' Settlement One*. Wie hatten die Farben den extremen Bedingungen im All überhaupt standhalten können?, schoss es ihr durch den Kopf.

»Ich empfange Signale von der *Wanaohama ndege*!«, meldete Emily. »Videokonferenz auf dem Hauptschirm.«

Na endlich!, dachte Lea.

Und da erschien auch schon ein dunkelhäutiges Jungengesicht auf dem Monitor.

»Hallo! Ich bin Nelson aus Südafrika. Ich bin der Captain der *Wanaohama ndege.*«

Hinter ihm tauchten weitere Kinder auf, die Nelson der Reihe nach vorstellte: »Das sind Aaron, unser Navigator, Malika, unsere Pilotin, und Aafje, die für die Kommunikation zuständig ist. Den Rest der Besatzung stelle ich euch später vor. Wir sind insgesamt zehn Leute.«

Die afrikanische Crew sah ziemlich beeindruckend aus: Alle hatten schicke dunkelrote Overalls an. Nelson war kahl geschoren, obwohl bereits wieder die ersten dunklen Stoppeln zu sehen waren. Aafje hatte kurzes, glatt zurückgekämmtes Haar und Malika trug lange, schwarz glänzende Zöpfe, die ihr etwas Hoheitsvolles gaben. Genauso hatte sich Lea früher immer Königinnen vorgestellt. Aaron war der einzige Weiße unter ihnen. Seine Haare lugten keck unter einem Piratenkopftuch hervor und ein funkelnder Stecker schmückte eines seiner Ohrläppchen.

Lea fuhr sich leicht verlegen durchs Haar. Mit ihren blonden, rotstichigen Zöpfen musste sie auf die afrikanischen Kinder wirken, als wäre sie dem Pippi-Langstrumpf-Fanclub entsprungen.

»Hallo!«, begrüßte sie die afrikanische Mannschaft und stellte ihnen Perry, Emily und Marvin vor.

Marvin starrte auf das Kopftuch und den Ohrstecker

von Aaron. Man musste keine Gedanken lesen können, um zu wissen, dass er ernsthaft überlegte, sich bei nächster Gelegenheit beides zuzulegen.

Perry dagegen war besonders von Aafje fasziniert, vor allem von ihren strahlend blauen Augen zu der schönen dunklen Haut. Das sah einfach megakrasscool aus! Mann, war die hübsch! Hoffentlich merkte man ihm nicht an, dass er total hin und weg war.

Nelson reagierte verblüfft, als er erfuhr, dass sie alle vier aus Deutschland stammten. »Ihr seid doch das europäische Schiff. Wieso kommt ihr alle aus Deutschland? Wir sind alle aus verschiedenen afrikanischen Ländern.«

Gute Frage, dachte Lea. Die Antwort darauf kannte sie nicht.

Stattdessen meldete sich VIUA zu Wort: **»Sie sind eine besondere Viererkonstellation, die für das Projekt sehr wertvoll ist. Deshalb sind es auch nicht mehr Kinder. Dafür gibt es aber noch zwei nicht-humanoide Besatzungsmitglieder an Bord: den Techniker Specht, ein Roboter-Vogel, und mich, den Androiden VIUA. Ich bin das Verbindungsglied zur Weltraumzentrale.«**

»Alles klar, VIUA. Freut mich!«, sagte Nelson. »Und warum sind wir jetzt hier? Wer hat uns hergeholt?«

»Das wissen wir auch nicht«, erklärte Lea und erzählte, wie es dazu gekommen war, dass sie mit der *Kids' Settlement One* vor Ort waren. »Wir sind also genauso gespannt wie ihr, wer oder was uns hier erwartet.«

Nelsons freundliches Lächeln wich einem nachdenklichen Ausdruck. »Und wir dachten, die Weltraumzentrale hätte uns hierhergeführt. Verdammt, das kann gefährlich werden. Wir sollten auf der Hut sein!«

»Ja, unbedingt!«, erwiderte Lea. »Im Moment können wir ja nicht mal aussteigen, um uns umzusehen. Wir befinden uns auf dem Meeresgrund. Ringsherum gibt es nichts als Wasser und Sandboden, soweit ich es durchs Fenster erkennen kann. Ich sehe keine Pflanzen, keine Felsen, keine Fische oder sonstige Lebewesen – nichts.«

»Ja.« Nelson schien zu überlegen. »Wir empfangen auch keinerlei Signale von den Bewohnern dieses Planeten. Hoffentlich gibt es überhaupt welche.«

Lea stutzte. »Wie meinst du das? Wir wurden doch wie ferngesteuert hierhermanövriert. Wir konnten nichts dagegen tun.«

»Aber das muss ja nicht zwangsläufig bedeuten, dass der Planet noch bewohnt ist«, entgegnete Nelson. »Vielleicht ist das so eine Art automatische Empfangseinrichtung für unbekannte Flugkörper, während die Bewohner längst verschwunden oder ausgestorben sind.«

»Bloß nicht!«, rief Lea aus. »Wie kommst du denn auf so eine Horror-Idee? Das meinst du doch nicht ernst, oder?«

Nelson zuckte mit den Schultern. »Ich weiß nicht. Ich wollte damit nur sagen: Alles ist möglich. Oder auch nichts.«

Lea wandte sich an Emily. »Empfängst du irgendwelche Signale?«

»Negativ«, antwortete Emily.

Auch Aafje hörte nichts.

Lea nagte nervös an ihrer Unterlippe. Was, wenn Nelson recht hatte?

»Wir warten eine halbe Stunde, okay?«, sagte sie zum Captain der *Wanaohama ndege*. »Wenn bis dahin nichts geschieht, beraten wir, was wir unternehmen wollen.«

»Einverstanden«, antwortete Nelson. »Mit unseren Raumanzügen könnten wir wie mit Taucheranzügen aussteigen und die Gegend erkunden. Was haltet ihr davon? Zwei von euch und zwei von uns?«

»Gute Idee!«, lobte Lea. »So machen wir das!«

Während der folgenden halbstündigen Wartezeit passierte nichts, was Lea sehr beunruhigte. Es gab kein wie auch immer geartetes Signal, kein neuerliches Farbenspiel und niemand zeigte sich ihnen. Ihr Blick aus dem Fenster ging ins Leere, sie konnte keine Anzeichen von Leben entdecken. Nicht mal eine Muschel oder Krabbe oder Alge oder sonst irgendetwas.

»Denkst du, es ist wirklich so eine gute Idee, auszusteigen?«, fragte Perry seine Schwester. »Ich meine, was wir hier vom Raumschiff aus mithilfe unserer Kameras und Sensoren nicht sehen können, das werden wir da draußen erst recht nicht sehen, oder?«

»Wenn sich diejenigen, die uns geholt haben, nicht rühren, dann müssen wir die Initiative ergreifen«, begründete Lea ihre Entscheidung. »Vielleicht hat Nelson ja auch recht und fremde Raumschiffe werden automatisch angezogen, ohne Zutun der Bewohner dieser Welt. Was, wenn die jetzt darauf warten, dass wir irgendwas unternehmen? Ich denke, ich werde zusammen mit Marvin aussteigen.«

»Mit mir?«, fragte Marvin. Normalerweise war er bei solchen Aktionen immer der Erste, der sich freiwillig meldete. Zumindest, wenn es darum ging, im All auszusteigen. Aber hier im Wasser?

»Du bist unser Navigator«, erinnerte Lea ihn, »und kannst am ehesten sicherstellen, dass wir uns draußen nicht verirren. Also los!«

Lea erhob sich, um im Modul nebenan den Astronauten-Anzug für den Ausstieg anzuziehen. Marvin seufzte und folgte ihr.

»Specht, wir begeben uns jetzt in die Schleuse!«, verkündete Lea.

Specht wusste, was zu tun war.

Lea und Marvin setzten sich in der Ausstiegsschleuse nebeneinander auf eine Bank und warteten, dass die schwere Tür hinter ihnen verriegelt wurde. Dann wurde Wasser durch ein paar Düsen in die Schleusenkammer eingelassen, bis sie vollständig gefüllt und der Druckausgleich hergestellt war.

»Alles klar!«, sagte Lea über das integrierte Kommunikationssystem ihres Helms. »Wir steigen jetzt aus.«

Um dem Auftrieb im Wasser entgegenzuwirken, hatten sie und Marvin Bleigürtel umgebunden und schwere Schuhe angezogen. Sie wollten nicht schwimmend die Gegend erforschen, sondern wie bei einem normalen Planetenausstieg zu Fuß über den sandigen Grund gehen.

Die Afrikaner hatten sich anders entschieden. Nelson und Aafje hatten die leichtesten Raumanzüge angezogen, die ihnen zur Verfügung standen. Statt Schuhen trugen sie Flossen und konnten schwimmen, zwar nicht so schnell und wendig wie richtige Taucher, aber für ihre Zwecke reichte es. Die vier Spacekids gaben ein nützliches Quartett ab: zwei bewegten sich am Boden, zwei schwimmend im Wasser. Alle vier waren mit hell strahlenden Unterwasserlampen ausgerüstet.

Schnell erkannten sie, weshalb sie vom Raumschiff aus nichts gesehen hatten: Ihre Raumschiffe waren in einer tiefen Sandkuhle gelandet – dort lagen sie nun wie zwei Plattfische, die nicht über den hohen Rand hinwegschauen konnten. Nelson und Aafje schwammen ein Stück höher hinauf, um einen Blick zu riskieren.

Lea ärgerte sich ein bisschen, dass sie in puncto

Ausrüstung falsch entschieden hatte, beschloss aber, erst einmal abzuwarten, was die anderen dort oben sahen.

»Wow!«, war Nelsons erster Kommentar. »Wir befinden uns hier mitten in einer Unterwasserstadt!«

»Was?« Lea hatte mit allem Möglichen gerechnet, damit jedoch nicht.

Nelson und Aafje schickten die Bilder ihrer Helmkameras an alle Spacekids.

Die Konstruktionen um sie herum hatten kaum Ähnlichkeit mit den Häusern, die sie von zu Hause kannten. Trotzdem war auf den ersten Blick erkennbar, dass es sich hier um keine natürlichen Gebilde handelte, sondern um geplant angelegte Gebäude einer Zivilisation, die klug und sinnvoll ihrer Umgebung angepasst worden waren. Gemäß den Bedingungen unter Wasser – die in vielerlei Hinsicht denen in der Schwerelosigkeit glichen – spielte sich das Leben hier auf verschiedenen Ebenen ab. So waren bei mehrstöckigen Bauten keine Fahrstühle notwendig, man betrat das Gebäude einfach direkt im vierzehnten Stock. Höhenunterschiede spielten keine Rolle und Distanzen wurden auf kürzestem Weg überwunden. Vergleichbar mit der Fortbewegung von irdischen Fischen im Wasser oder Vögeln in der Luft – ohne befestigte Straßen und nicht auf den Boden beschränkt. Aus den fensterähnlichen Öffnungen der Häuser drang Licht in verschiedenen Helligkeitsstufen und unterschiedlichen

Farben. Sie sahen in Reihen angeordnete Lichter, die möglicherweise irgendwelche Markierungen darstellten. Es bestand kein Zweifel, dass sie sich in einer bewohnten Stadt befanden.

»Eine Stadt!«, wiederholte Lea. »Zwei fremde Raumschiffe landen mitten in einer Stadt und keiner merkt was? Wieso meldet sich niemand bei uns?«

»Keine Ahnung«, antwortete Nelson.

»Und seht ihr irgendjemanden?«, fragte Lea. »Bewegt sich da etwas? Oder sind da nur Gebäude?«

»Und ob sich hier etwas bewegt!«, berichtete Aafje. »Ich hab das Gefühl, es ist gerade Rushhour. Hier ist die Hölle los! Es gibt jede Menge ... äh ... Fahrzeuge. Und es wimmelt hier nur so von Leu... äh ... wie soll ich sagen ... von Lebewesen, die kreuz und quer in alle Richtungen gleichzeitig schwimmen. Und zwar in einem Wahnsinnstempo. Stellt euch einfach Accra bei Nacht vor, dreidimensional und unter Wasser. Dann habt ihr ansatzweise eine Vorstellung.«

»Accra?«, fragte Marvin.

»Das ist die Hauptstadt von Ghana«, erklärte Aafje. »Meine Heimatstadt. Ich weiß nicht, gibt's in Deutschland auch große Städte?«

»Hallo?«, antwortete Marvin. »Wir kommen aus Berlin. Das ist auch die Hauptstadt. Mit 3,5 Millionen Einwohnern.«

»Oh, gut!«, sagte Aafje. »Accra hat 2,2 Millionen. Also, dann stellt euch Berlin vor, aber mit Nachtbeleuchtung. Und dass die Autos auch diagonal oder senkrecht nach oben fahren.«

»Autos?«

»Na ja, eben die Fahrzeuge hier. Sie sehen nicht aus wie Autos, haben aber anscheinend die gleiche Funktion. Sieht man das nicht auf unseren Übertragungsbildern?«

Emily und Perry verfolgten alles auf dem großen Hauptmonitor. Marvin und Lea wurden die Bilder jedoch auf die Helmvisiere projiziert, weshalb sie kleiner und nicht so deutlich erkennbar waren.

»Wie sehen die Leute aus?«, wollte Marvin wissen. »Ich kann gar nichts richtig erkennen.«

Nelson zoomte auf einzelne herumschwimmende Stadtbewohner. Die Vielfalt der Lebewesen war dabei mehr als erstaunlich. Einige ähnelten Quallen, andere Kraken oder Tintenfischen, wieder andere Schnecken, Muscheln mit Flossen oder auch Plattfischen. Aber so unterschiedlich diese Wesen auch waren, eines hatten sie alle gemeinsam: Sie besaßen Arme und Hände, manche zudem sogar Beine. Und die meisten hatten richtige Gesichter, so ähnlich wie die von Menschen.

Marvin kam sich vor wie ein Besucher in einem bizarren Aquarium: Er sah Fische mit Babygesichtern und jeweils zwei Armen und Händen, die unter den Flossen herausragten, Seehunde mit stämmigen Beinen und Fingern an den Flossen und pinguinartige Wesen, die große flügelähnliche Brustflossen besaßen wie irdische Riesenrochen. Aber so sonderbar sie alle auch aussehen mochten, auf den ersten Blick schienen sie friedlich zu sein. Ob es hier auch richtig gefährliche Wesen gab? Bei diesem Gedanken zuckte Marvin kurz zusammen.

»Und keiner von denen reagiert auf uns?«, meldete sich Lea zu Wort. »Das begreife ich nicht!«

»Wartet!«, sagte Nelson. »Wir schwimmen mal über den Rand der Kuhle hinaus Richtung Stadt.«

»Seid vorsichtig!«, warnte Lea die beiden. Dann wandte sie sich an Marvin. »Lass uns doch mal versuchen, ob wir die Sandwand da bis zum oberen Rand hinaufmarschieren können.«

Sie stapfte los, Marvin folgte.

Kurz darauf empfingen sie wieder eine Nachricht von Nelson: »Mist! Hier geht's nicht weiter!«

»Wieso nicht?«, fragte Perry, der zusammen mit Emily in der *Kids' Settlement One* saß und gebannt auf den Monitoren die Bewegungen der Spacekids im Wasser verfolgte.

»Irgendwas versperrt uns den Weg. Aber ich kann nicht sehen, was. Es ist unsichtbar!«, meldete Nelson.

Lea und Marvin bestätigten diese Beobachtung. Auch ihr Versuch, die Sandwand zu erklimmen, war daran gescheitert, dass sie erst gar nicht bis an sie herangekommen waren – ein unsichtbares Hindernis hatte sie aufgehalten.

Lea hob die Hand und klopfte dagegen. »Das ist eine unsichtbare Wand«, teilte sie den anderen mit.

Nelson und Aafje prallten mit den Händen ebenfalls an etwas Hartes.

»Aber wie ist das möglich?«, fragte Marvin.

Lea überlegte: »Vermutlich befinden wir uns noch immer innerhalb der Röhre, durch die wir hergekommen sind. Nur ist sie jetzt nicht mehr bunt, sondern durchsichtig!«

Perry dachte an die Einwegspiegel, durch die in manchen Geschäften Kaufhausdetektive unbemerkt die Kunden beobachteten. Sie saßen dahinter in einem Nebenraum und blickten ins Ladeninnere, ohne selbst gesehen zu werden. Der Kunde sah lediglich eine Spiegelfläche.

»Vielleicht ist das hier so was Ähnliches«, sagte er. »Von außen sind wir gar nicht zu sehen. Vielleicht ist die Röhre hier so was wie ein Denkmal oder eine gigantische Litfaßsäule. Sie steht immer hier und niemand kann hineinsehen. Möglicherweise ahnt keiner, dass die Röhre bis ins All führt und Raumschiffe aufnehmen kann. Wäre doch möglich? Ich meine, über unsere Mission weiß auf der Erde auch niemand Bescheid.«

»Das würde in der Tat erklären, warum niemand auf uns aufmerksam wird«, pflichtete Nelson ihm bei.

»Aber das würde ja bedeuten, dass wir in der Röhre gefangen sind! Wir können nicht in die Stadt hinein.

Wäre es uns denn möglich, selbstständig zu starten und ins All zurückzufliegen, Specht?«, fragte Lea.

»Nein. Wir werden am Boden festgehalten wie von einem starken Magneten. Diese Anziehung muss erst wieder aufgehoben werden, bevor wir wegfliegen können.«

Zu dem gleichen Ergebnis kam auch die Crew der *Wanaohama ndege* nach Auswertung aller verfügbaren Daten. Offenbar klebten beide Raumschiffe gewissermaßen am Boden einer gigantischen, transparenten, aber undurchdringlichen Röhre fest.

»Okay, hier draußen können wir ja offenbar nichts mehr ausrichten. Lass uns umkehren!«, schlug Lea Marvin vor.

Sie stapften zurück zum Raumschiff, als direkt vor ihnen plötzlich ein schlangenähnliches Wesen aus dem Sand hervorschoss.

Lea fuhr entsetzt zusammen. »Um Himmels willen!«

»Was ist los?«, fragte Perry besorgt. Aber da sah er auch schon, was passiert war: Vor Marvin und Lea hatte sich eine etwa vier Meter lange, giftgrüne Schlange aufgerichtet. Sie sah gefährlich aus, aber das musste nichts heißen. Ebenso gut konnte so das Empfangskomitee dieses Planeten aussehen.

»Ähm, hallo!«, sagte Lea, nachdem sie den ersten Schreck überwunden hatte. Sie versuchte, das Zittern in ihrer Stimme zu unterdrücken. »Ich bin Captain Lea von der *Kids' Settlement One*.«

Dann stellte sie die Besatzungen beider Raumschiffe vor, was die Schlange allerdings wenig bis gar nicht zu interessieren schien.

»Probier's mal mit Farben!«, riet Emily über das Kommunikationssystem. »So, wie sie uns in Empfang genommen haben. Benutze die gleichen Farben als Zeichen, dass wir sie verstanden haben!«

»Gute Idee!«, antwortete Lea. »Nur wo soll ich die Farben herbekommen?«

Sie trug nichts bei sich, was rot, gelb oder blau war.

»Dann mal etwas in den Sand!«, schlug Emily vor. »Unseren Planeten und die Sonne. Am besten unser ganzes Planetensystem, damit sie wissen, wo wir herkommen!«

»Wissen die denn nicht, wo wir herkommen? Sie haben uns doch selbst hierhergeholt!«, entgegnete Lea.

Trotzdem kniete sie sich auf den Boden und zeichnete mit ihrem dicken Handschuh-Zeigefinger die Sonne, die Erde, den Mond und die Planeten Uranus, Jupiter, Merkur, Venus, Mars und Saturn in den Sand, wobei sie hoffte, im Verhältnis die Abstände zur Sonne halbwegs richtig anzuzeigen. Zum Schluss deutete sie auf die Erde, dann auf sich und Marvin. Sie sprach nicht, weil sie davon ausging, dass der schlangenartige Bewohner sie über ihr Kommunikationssystem ohnehin nicht hören konnte.

Die Schlange schien immer noch nicht zu verstehen. Jedenfalls zeigte sie keinerlei Reaktion, die darauf hindeutete. Lediglich ihre schmalen Augen fixierten die beiden Fremdlinge.

Nelson und Aafje beobachteten die Szene von oben, aus einer Entfernung von etwa zwanzig Metern. Mithilfe ihrer Helmkameras zoomten sie die Kreatur näher heran.

»Komisch«, sagte Aafje. »Das ist das erste Wesen, das wir sehen, das keine Arme und Hände hat.«

Der Schlangenkopf fuhr dichter an Lea und Marvin heran.

In dem Moment zuckte ein greller Blitz durchs Wasser, der direkt in den Kopf einschlug und ihn förmlich explodieren ließ wie eine Feuerwerksrakete. Allerdings sprühte es dabei keine bunten Funken, sondern einen bräunlich grünen Schleim, der nun in zähen Fäden auf den Meeresboden tropfte, gefolgt von dem leblosen Schlangenkörper, der schlaff in sich zusammensackte.

»Himmel, was war das denn?«, rief Lea entsetzt.

Wie aus dem Nichts schwamm plötzlich ein krakenartiges Wesen auf sie zu: Aus seinem großen ballonartigen Kopf wuchsen acht mit Saugnäpfen versehene Arme heraus, an deren Enden menschenähnliche Hände saßen. Das Gesicht erinnerte an das eines Gorillas, kam es Lea in den Sinn. Doch das Irritierendste an der Kreatur war, dass ihr Mund zu lächeln schien.

»Ich bitte für mein spätes Erscheinen um Verzeihung!«, hörte Lea eine tiefe, langsam sprechende Stimme, ohne dass der Mund des Kraken-Gorillas sich bewegte.

Hatte das Wesen zu ihr gesprochen? Oder woher kam die Stimme?

Lea schaute sich kurz um. Sie sah sonst niemanden. Jetzt ärgerte sie sich, dass sie Marvin statt Emily mitgenommen hatte. Schließlich hatten sie damit rechnen können, auf Bewohner dieses Planeten zu treffen. Da wäre Emily mit ihrer besonderen Gabe, mit Außerirdischen zu kommunizieren, sicher hilfreicher gewesen als Marvin, der jetzt nur staunend neben Lea stand und kein Wort herausbrachte.

»Mein Name ist Chobotnice. Ich bin der Abgesandte des Obersten. Es tut mir leid, dass ihr beinahe Opfer des Großen Tasem ... ähm ... Parasitenwurms geworden wärt.«

Chobotnice sprach unglaublich langsam und bedächtig und ließ so lange Pausen zwischen den einzelnen Wörtern, dass es Lea schwerfiel, ihm zu folgen. Ganz offensichtlich sprach er mithilfe eines Übersetzungsprogramms, was eine gewisse Zeit brauchte.

»Parasitenwurm?«, fragte Marvin nach. »Dann war das gar keine ...«

Er wusste nicht, wie er seine Frage formulieren sollte.

»Es war ein Tierwild«, sagte der Kraken-Gorilla. »Ist das das richtige Wort?«

»Wildtier heißt es bei uns, ja«, antwortete Lea.

Offenbar gab es auch in dieser Welt Tiere, die gefährlich werden konnten. Und wie es schien, hatte sie gerade eben tatsächlich versucht, sich und ihre Crew einem Wildtier vorzustellen, so als hätte sie zu Hause auf der Erde einem Python das Planetensystem erklären wollen.

Bevor sie jetzt wieder dermaßen danebengriff, wollte sie ein paar wichtige Dinge klären: »Ich kann Sie hören, obwohl Sie den Mund nicht bewegen. Können Sie mich auch verstehen?«

»Ja. Wir kommunizieren per Gedanken. Aber sie können auch in akustische Schwingungen transformiert werden.«

Aha, dachte Lea, *sie wandeln ihre Gedanken in hörbare Sprache um.* Wie auch immer sie das anstellten, es drängte sich die nächste Frage auf: »Funktioniert das auch umgekehrt? Können Sie meine Gedanken hören?«

»Nein!«, versicherte der Kraken-Gorilla. »Aber eure Sprache wird in unsere Gedanken übertragen. Ich möchte euch sagen: Herzlich willkommen auf Divinien!«

»Divinien!«, wiederholte Lea und flüsterte: »VIUA, hörst du mich? Kannst du uns etwas über Divinien sagen?« Dann drehte sie sich wieder zu dem Krakenwesen um: »Vielen Dank. Darf ich bekannt machen: Das hier ist Marvin, unser Commander für Navigation ...« Nun kam sie endlich dazu, die beiden Spacekids-Crews vorzustellen.

Nelson und Aafje trauten sich jetzt auch, näher heranzuschwimmen.

»Bitte kommt mit zu unserem Obersten«, erklärte Chobotnice.

»Das ist bestimmt deren Präsident oder so«, flüsterte Lea ins Kommunikationssystem. An Chobotnice gewandt sagte sie: »Danke, wir würden Ihnen sehr gern folgen. Aber ... na ja, wie es scheint, kommen wir gar nicht aus der Röhre heraus. Wir hatten es eben schon versucht – vergeblich!«

»Keine Sorge. Folgt mir einfach«, sagte Chobotnice.

»Gern. Einen Augenblick, bitte!«, antwortete Lea, dann sprach sie mit ihrer Crew. »Emily, mach dich für den Ausstieg bereit! Du begleitest mich. Marvin geht zurück an Bord und hält mit Perry dort die Stellung. VIUA und Specht bleiben ebenfalls dort. Nelson?«

»Aafje und ich, wir kommen beide mit dir mit«, entschied Nelson.

Obwohl Marvin für sein Leben gern eine von Außerirdischen bewohnte Unterwasserstadt gesehen hätte, sah er ein, dass Emily für diese Aufgabe besser geeignet war als er. Zügig stapfte er über den Meeresboden zurück zum Raumschiff, um mit Emily zu tauschen.

Als er in die *Kids' Settlement One* einstieg, war Emily bereits für den Außeneinsatz gerüstet. Sie hatte sich wie Nelson und Aafje für den Taucher-Raumanzug entschieden, sodass nur noch Lea den sperrigeren, aber besser ausgestatteten Anzug trug, der zum Schwimmen jedoch zu schwer und klobig war.

Chobotnice schwamm los, wobei er mit einem seiner acht langen, muskulösen Fangarme Lea umfasst hielt und sie so mit sich trug. Nelson, Aafje und Emily mussten sich ranhalten, um nicht den Anschluss zu verpassen.

Am Rand der Kuhle angekommen, dort, wo Nelson und Aafje eben noch der Weg in die Stadt versperrt gewesen war, schwamm Chobotnice einfach weiter, so als hätte es nie ein unsichtbares Hindernis gegeben. Die drei Spacekids folgten ihm mühelos.

»Perry, haben wir noch Funkkontakt?«, fragte Lea sicherheitshalber.

»Ja, und Sichtkontakt auch. Eure Helmkameras übertragen noch.«

»Okay, danke!«, sagte Lea.

Während des Ritts – oder wie sollte man den Transport im Arm eines Krakenwesens mit Gorillagesicht nennen – schaute sie sich genau um und fing alles, was sie sah, mit der Kamera ein.

Mittlerweile hatten sie offenbar so etwas wie die Hauptverkehrsstraße erreicht. Sie erstreckte sich von einer Höhle auf dem Meeresgrund diagonal nach oben bis zur Spitze eines hoch aufragenden Hauses. Das Gebäude hatte geschwungene Wände, so als würde es den Wellenbewegungen des Wassers folgen, und der Straßenverlauf war nur anhand des Stroms eigentümlicher Fahrzeuge zu erkennen, der sich dort entlangbewegte. Es gab keine festen Begrenzungen oder irgendeine Art von Asphalt.

Lea vermutete fast, dass man in dieser Welt nur dann Fahrzeuge benutzte, wenn man etwas transportieren wollte, denn schneller als die schwimmenden Stadtbewohner kam man mit den Vehikeln nicht voran. Manche der Kreaturen erreichten ein geradezu erstaunliches Tempo. Lea fiel kein irdischer Meeresbewohner ein, der so schnell war.

Noch während sie sich umschaute, schoss ein Schwarm seltsamer Wesen an ihr vorbei. Zuerst hatte Lea sie für Pinguine gehalten, zumindest was Größe und Körperbau anging, aber ihre Köpfe glichen eher denen von Antilopen, ebenso wie ihre Fortbewegungsart, bei der sie große Sprünge im Wasser machten.

Dann kamen goldglitzernde Quallen herbeigeschwommen, die sie zu begleiten schienen. Aber waren das wirklich Quallen? Zumindest handelte es sich tatsächlich um eine Eskorte, wie Chobotnice erklärte, die sie direkt zum Palast des Obersten brachte.

Auf den ersten Blick erinnerte der Palast an ein gewaltiges, imposant aufragendes Korallenriff. Der Eingang lag oben an der Spitze.

Sie schwammen hinein und bogen in ein Labyrinth aus Wegen, Tunneln und Röhren ab, die in diversen Farben leuchteten. Es wimmelte nur so von Lebewesen.

»Ich dachte, der Planet besteht zu achtzig Prozent aus Land«, sagte Lea zu dem Kraken-Gorilla.

»Richtig!«, antwortete Chobotnice. »Aber wir leben hier nicht an Land. Das Festland ist noch weitgehend unerforscht. Dort gibt es vielfältiges Leben. Wir untersuchen das noch.«

Auf der Erde ist es genau andersrum, dachte Lea. Einundsiebzig Prozent der Erdoberfläche waren mit Wasser bedeckt, weshalb die Erde auch als *Blauer Planet* bezeichnet wurde. Aber die Menschen lebten nur an Land. Die Meere waren überwiegend noch unerforscht und die Tiefsee barg eine große Zahl unentdeckter Spezies. Im Gegensatz dazu lebte auf diesem Planeten die am höchsten entwickelte Lebensform, die Divinier, unter Wasser.

»Sind alle Lebewesen hier Divinier?«, fragte Lea. »Ich meine …«

»Ich weiß, auf dem Blauen Planeten gibt es Menschen und Tiere. Millionen von Arten«, sagte Chobotnice. »Viele davon im Wasser. Das wäre auch für uns ein guter Lebensraum. Aber ihr esst sie auf.«

»Wen?«, fragte Lea.

»Ihr esst viele Lebewesen. Auch Fische, Krebse, Muscheln …«

»Äh, na ja.« Lea behielt lieber für sich, dass sie sehr gern Backfisch und Fischstäbchen aß. Doch Chobotnice hatte kein bisschen vorwurfsvoll geklungen.

»Wir essen auch Wildtiere vom Land. Aber es gibt

nur wenige, soweit wir wissen. Achtzig Prozent Divinier und zwanzig Prozent wildes Tier. Im Wasser gibt es noch weniger Tiere. Wir ernähren uns vor allem von Plankton.«

»Okay«, sagte Lea und hoffte, dass die Divinier Menschen nicht als essbare Wildtiere betrachteten.

Sie stellte sich vor, dass es oben an Land gigantische Wüsten, Wälder und Gebirge gab. Sie nahm sich vor, später, wenn sie das alles hier hoffentlich gut überstanden hätten, mit dem Raumschiff den Planeten zu umrunden und dabei viele Aufnahmen zu machen.

Jetzt aber war sie zunächst einmal auf den Amtssitz des Obersten gespannt. Sie erwartete einen königlichen Prunksaal, wie sie ihn aus Märchen- oder Fantasyfilmen kannte, mit einem skurrilen Wesen als Herrscher, der ihnen hoffentlich wohlgesinnt war.

Am meisten jedoch interessierte sie, weshalb sie überhaupt hier waren. Die *Kids' Settlement One* war der *Wanaohama ndege* gefolgt, um ihr zu helfen, aber das afrikanische Schiff war zweifelsfrei von den Diviniern geholt worden, oder um es unverblümter auszudrücken: Sie hatten die *Wanaohama ndege* entführt. Nur warum?

Lea war angespannt. Sie war darauf eingestellt, dass der Oberste im besten Fall mit einer Bitte an sie herantrat, im schlimmsten Fall mit einer Forderung oder Aufgabe. Obwohl sie in diesem Moment keinen blassen Schimmer hatte, was er von ihnen verlagen könnte.

Gern hätte sie den anderen Spacekids ihre Gedanken mitgeteilt, aber das wagte sie nicht, weil sie befürchtete, dass die Divinier alles hören und verstehen konnten, was sie sprachen.

Chobotnice führte die Kinder durch mehrere verschlungene Gänge in eine weitläufige Unterwasserhöhle. Lea sah sich neugierig um und entdeckte an einer der Wände ein merkwürdiges Gebilde: ein zwei Meter breites Band, das sich in bunt schillernden Farben von der Decke bis zum Boden erstreckte. Sie machte die anderen darauf aufmerksam. Was war das nur?

»Euch gefällt unser …« Chobotnice machte eine längere Pause, so als würde er nach dem richtigen Wort suchen, »Luftfall?«

»Der was?«, fragte Emily.

»Ähm, Luftfall sagt man nicht?«, fragte Chobotnice. »Das Übersetzungsprogramm kennt den Begriff Wasserfall. Aber hier fällt nicht Wasser, sondern Luft. Es kommt von oben, vom Land.«

»Irre!«, kommentierte Emily. »Vermutlich könnten wir uns drunterstellen und atmen.«

»Das hoffen wir«, sagte Chobotnice.

Emily sah ihn verwirrt an. Wie hatte er das denn gemeint?

Lea machte sich noch ganz andere Gedanken: Dass die Divinier ein Übersetzungsprogramm für die menschliche Sprache besaßen, bewies, dass ihnen die

Erde nicht unbekannt war. Mehr noch – vielleicht waren sie sogar schon einmal dort gewesen! Zumindest hatten sie die Erde über einen längeren Zeitraum beobachtet und studiert. Und was immer Chobotnice mit seiner Bemerkung gemeint hatte, es bestätigte Leas Vermutung, dass die Divinier ein konkretes Anliegen verfolgten, bei dem die Spacekids anscheinend eine wichtige Rolle spielten. Angst stieg in ihr auf.

»Bitte, nehmt Platz!«, sagte Chobotnice. Er zeigte auf einen Stehtisch. Stühle gab es keine, wohl, weil im Wasser zu sitzen anstrengender war, als zu stehen. Doch man konnte sich bequem an dem Tisch abstützen.

»Wollt ihr etwas essen oder trinken?«, fragte Chobotnice.

»Äh ...«, machte Lea. *Essen oder trinken?* Wie sollte das funktionieren – unter Wasser, mit einem Helm auf dem Kopf? Obwohl sie durchaus neugierig war, ob die Divinier für sie ein spezielles Essen zubereitet hatten. Oder würden sie ebenfalls nur Plankton vorgesetzt bekommen?

»Algensalat?«, fragte Chobotnice.

Logisch! Algen! Lea, die mit ihren Eltern gern asiatisch essen ging, wusste, dass Algen in Asien als Delikatesse galten und auf vielfältige Art zubereitet wurden. Es hieß sogar, sie seien ausgesprochen gesund.

»Klingt gut«, antwortete Lea höflich. »Aber ... äh ... wie sollen wir hier unter Wasser etwas essen?«

Aber auch daran hatten die Divinier gedacht. Mit

einem Mal senkte sich von oben ein großräumiger Glaskasten über den Stehtisch mit den vier Kindern herab. Die Spacekids waren eingeschlossen wie in einem Aquarium.

Total verrückt!, schoss es Lea durch den Kopf, als der Wasserstand im Kasten merklich zu sinken begann.

Kurz darauf standen die vier Kinder ganz und gar im Trockenen und konnten getrost ihre Helme absetzen. Lea tat dies jedoch nur widerwillig – im Helm steckte das Kommunikationssystem und ohne konnten sie keinen Kontakt zu den Raumschiffen halten. Dennoch schien es ihr unhöflich, den Helm aufzulassen.

Sie kam sich hinter den durchsichtigen Wänden des Glaskastens vor wie ein Ausstellungsstück. Ein Gefühl, das sich noch verstärkte, als eine Handvoll Divinier die Höhle betrat und sich vor dem Kasten aufreihte. Neugierig betrachteten die Außerirdischen die Kinder von der Erde. Die Spacekids starrten ebenso unverhohlen zurück. Was für ein Anblick!

»Krass!«, hauchte Emily.

An der Seite des Kraken-Gorillas Chobotnice stand eine Art Riesenqualle, daneben ein Hai, eine Robbe, ein Krebs und ein Plattfisch. Zumindest ähnelten diese Wesen in ihrem äußeren Erscheinungsbild den irdischen Tieren.

Doch mit den fünf sonderbaren Gestalten war es

noch nicht genug – weitere dreißig Divinier verschiedenster Spezies schwammen, glitten, schwebten und schlängelten sich nach und nach in den Höhlenraum. Sie umringten den Glaskasten, in dem Lea, Emily, Nelson und Aafje standen. Die vier kamen sich ziemlich blöd vor.

Emily reagierte prompt, indem sie ihren Helm wieder aufsetzte. Lea sah sie böse an, da sie fürchtete, dass die Divinier sich beleidigt fühlen könnten.

»Aber die anderen müssen doch mitkriegen, was hier vorgeht«, verteidigte sich Emily. »Und das Kommunikationssystem funktioniert nur, wenn ich den Helm aufhabe.«

»Gute Idee!«, lobte Nelson.

Die Divinier schien Emilys Verhalten nicht zu stören, zumindest zeigten sie keinerlei Irritation. Und so gab auch Lea sich zufrieden.

»Darf ich vorstellen«, begann Chobotnice, der offenbar als Sprecher der Gruppe fungierte. »Der Oberste. Der Rat der Divinier!«

Das ist dann wohl so etwas wie deren Regierung, vermutete Lea. Sie fragte sich, ob dieser Planet wirklich mit einer einzigen Regierung auskam. Wenn sie da an die Erde dachte, wo man nicht mal exakt sagen konnte, wie viele Staaten es überhaupt gab. Und jeder davon besaß eine eigene Regierung sowie oft zahllose Unterregierungen. Oder stellte diese Versammlung hier womöglich so etwas wie einen zwischenstaatlichen Zusammenschluss dar, vielleicht vergleichbar mit den Vereinten Nationen auf der Erde?

Das Wort führte jedenfalls Chobotnice, der überraschend schnell zum Punkt kam, obwohl er noch immer furchtbar langsam sprach.

»Unser Planet besteht zu achtzig Prozent aus Land«, sagte er. Das wussten die Spacekids ja bereits. »Zum großen Teil unerforscht. Wir wissen aber, dass es an Land enorme Energievorräte gibt. Wir nutzen vor allem die Energie unserer Sonne. Hier unter Wasser aber geht viel davon verloren. Zurzeit fangen wir den größten Teil an der Wasseroberfläche auf. An Land wäre das weitaus effektiver. Wir müssen neue Ressourcen erschließen, denn die Energie in unserem Lebensraum wird knapp.«

Lea runzelte die Stirn und fragte sich, worauf der Kraken-Gorilla eigentlich hinauswollte.

»Für uns ist die Arbeit an Land jedoch aufwendig und umständlich«, fuhr Chobotnice fort. »Deshalb sind wir seit einiger Zeit auf der Suche nach friedlich gesinnten Landbewohnern, die uns helfen können. Wir haben die Erde eine Weile beobachtet …«

Aha, hab ich's doch geahnt!, dachte Lea. Aber wieso hatte niemand auf der Erde etwas davon mitbekommen? Oder hielt man es etwa geheim?

»Aber auf der Erde herrschen Kriege. Die Menschen zerstören sich selbst und ihre Umwelt. Viele Menschen hungern. Kurzum: Wir haben nicht den Eindruck, dass die Spezies Mensch geeignet ist, uns zu helfen, ohne noch größere Probleme zu verursachen, als ohnehin schon bestehen.«

Lea verzog die Mundwinkel. Eine pessimistische Einschätzung der Menschengemeinschaft. Aber er hatte recht. Schließlich existierte das Projekt, für das Lea und die anderen Spacekids ausgesucht worden waren, genau deshalb, weil die Erde auf ihren eigenen katastrophalen Untergang zusteuerte.

»Dann entdeckten wir euch. Erst ein, dann zwei Raumschiffe mit Landbewohnern. Menschen zwar, aber Kinder, von denen keine so große Gefahr ausgeht, wie wir hoffen. Mit eurer Hilfe wollen wir versuchen, neue Energiestationen an Land aufzubauen. Ihr könntet diese Stationen dauerhaft bewohnen und in Betrieb halten, weil die Lebensbedingungen an Land für euch geeignet sind. Ihr könntet dort sogar eigene Dörfer aufbauen. Dörfer für Kinder.«

»Wir werden aber älter«, warf Aafje ein.

Chobotnice ließ ein Geräusch vernehmen, das wohl ein Lachen sein sollte.

»Aber unter unserer Kontrolle«, entgegnete er. »Das werden wir schaffen.«

Oder als eure Arbeitssklaven, dachte Lea, hütete sich aber davor, es laut auszusprechen. Sie musste an die Venomier im Strandbad denken. Auch sie hatten sich Menschenkinder als Arbeitssklaven gesucht. Waren sie und ihre Freunde jetzt etwa hier Gefangene?

Möglicherweise durften sie gar nicht mehr zu ihren Raumschiffen zurück. Stattdessen würden sich die Divinier auch noch den Rest der Spacekids schnappen.

Nelsons Stimme unterbrach ihre düsteren Gedanken.

»Wir können euch leider nicht helfen«, sagte er. »Wir haben bereits eine wichtige Mission zu erfüllen.«

In kurzen Worten schilderte er die Aufgabe der Spacekids, eine neue menschliche Zivilisation auf Kids' Planet, dem Ersatzplaneten für die Erde, aufzubauen. Emily ergänzte seinen Bericht und erzählte von den neuesten Entwicklungen, dass das venomische Kriegsschiff mit dem Raketengeschwader die Erde bedrohte und die feindlichen Außerirdischen versuchten, Menschenkinder zu versklaven.

Danach herrschte bei den Diviniern erst einmal Schweigen.

Nach einer Weile ergriff Chobotnice wieder das Wort: »Wir werden uns zur Beratung zurückziehen.«

Der fünfunddreißigköpfige Rat verließ den Höhlensaal.

»Was haltet ihr davon?«, fragte Nelson in die Runde.

»Wir müssen vorsichtig sein«, warnte Lea. »Ich bin sicher, sie hören, was wir sagen.«

Nelson nickte. Davon ging er auch aus. Dennoch hielt er es für notwendig, die Lage zu besprechen. Ihnen blieb keine andere Wahl.

»Fliehen können wir sowieso nicht«, sagte Lea. »Ohne die Hilfe der Divinier kommen wir hier nicht weg.«

»Sie schienen mir nicht feindselig«, wandte Emily ein.

Nelson stimmte ihr zu. »Nein, aber sie müssen ihr Energieproblem lösen. Sie sind der Oberste Rat der Divinier und für ihr Volk verantwortlich. Wenn sie keine andere Alternative sehen, als dass wir an Land für sie arbeiten, dann werden sie uns nicht gehen lassen.«

»Verdammt!«, fluchte Aafje. »Wir sitzen in der Falle.«

Flucht!

Mehr als eine halbe Stunde ließen die Divinier die vier Spacekids in ihrem Glaskasten schmoren, ohne dass sich etwas tat.

»Das geht nicht!«, sagte Nelson schließlich. »Dass es so lange dauert, bedeutet, dass sie ernsthaft darüber nachdenken, uns gegen unseren Willen hierzubehalten. Das können wir nicht zulassen. Wir müssen versuchen, abzuhauen.«

Lea schaute ihn verwundert an. »Wie willst du denn von einem unbekannten Planeten fliehen, wenn unsere Raumschiffe quasi an der Kette liegen?«

»Die Ketten sprengen«, antwortete Nelson entschlossen. »Ihr habt doch zwei Roboter an Bord. Es muss eine Möglichkeit geben, dass sie den Magneten, der uns am Boden festhält, unwirksam machen.«

»Wir wissen ja nicht mal, ob das Ganze wirklich auf Magnetismus beruht. Und selbst wenn, bleibt immer noch die Frage, was das für eine merkwürdige Röhre ist und ob wir überhaupt daraus fliehen können.«

»Wir müssen es versuchen!«, beharrte Nelson. »Und zwar, bevor der Rat zurückkommt.«

»Du bist doch verrückt!«, entgegnete Lea. »Wie sollen wir das denn machen? Wir kommen ja nicht einmal aus diesem Glaskäfig heraus.«

»Vielleicht nur, weil wir es noch nicht versucht haben«, konterte Nelson. »Setz deinen Helm auf!«

Er selbst stülpte sich seinen wieder auf den Kopf. Aafje und Lea machten es ihm nach, auch wenn sie von seinem Vorschlag zu fliehen nicht überzeugt waren. Emily hatte ihren Helm bereits auf.

Nelson griff nach dem Stehtisch und donnerte ihn gegen die Glaswand. Die Scheibe machte *krack* und der Tisch fiel zu Boden. Ein langer Riss zog sich jetzt diagonal von unten nach oben durchs Glas.

»Es funktioniert!«, rief Nelson. »Noch zwei-, dreimal voll draufhauen und das Ding ist kaputt!«

»Na schön«, räumte Lea ein, »dann sind wir draußen. Aber was dann? Selbst wenn wir es auf eigene Faust durch die Stadt zurück zu unseren Raumschiffen schaffen sollten – wir können nicht starten!«

»Wir müssen eine Lösung finden.« Nelson blieb stur. »Sag deinen Robotern, sie sollen daran arbeiten! Ich habe meinen Technikern auch schon Anweisungen gegeben.«

»Und?«, fragte Lea. »Haben sie schon eine Idee?«

»Keine Ahnung«, gab Nelson zu. »Aber erst einmal müssen wir hier raus. Wenn der Rat zurückkommt und wir sitzen immer noch im Glashaus, haben wir keine Chance mehr. Sie werden uns hier festhalten und versklaven, so wie die Venomier es mit den Kindern im Strandbad gemacht haben. Wir haben eine Mission zu erfüllen.«

Lea blieb skeptisch. Sie wussten nicht einmal, ob die Divinier sie tatsächlich versklaven wollten. Aber sie musste zugeben, dass die Möglichkeit bestand. Und mit einem hatte Nelson recht: Wenn der Verdacht sich bestätigte und sie dablieben, bis der Rat zurückkehrte, waren sie vermutlich verloren.

Sie fragte Emily nach ihrer Meinung.

»Die Divinier wären ja durchaus in der Lage gewesen, zuerst mit uns zu kommunizieren«, hob Emily hervor. »Sie hätten einen Funkspruch oder Hilferuf absetzen können, statt uns einfach zu entführen.«

»Danke, Emily.« Lea wertete das Verhalten der Divinier nun auch als ein starkes Indiz dafür, dass Nelsons Befürchtungen stimmen könnten.

Als Nelson erneut den Stehtisch hochhievte, um ihn noch einmal gegen die Glasscheibe zu werfen, packten die Mädchen mit an. Mit vereinten Kräften holten sie aus und die Scheibe ging klirrend zu Bruch.

Geschafft!

Die Wucht des hereinbrechenden Wassers schleuderte die Spacekids gegen die hintere Glaswand.

Emily spürte, wie Panik in ihr aufkam.

»Ruhe bewahren!«, rief Nelson. »Gleich können wir rausschwimmen.«

Aber das war leichter gesagt als getan. Unter dem

gewaltigen Druck des Wassers begann die Wand verdächtig zu knirschen. Doch es dauerte nur wenige Sekunden, bis der Druckausgleich hergestellt war und sie durch die zerborstene vordere Scheibe ihr gläsernes Gefängnis verlassen konnten.

»Alles okay?«, fragte Nelson.

Die Kinder prüften, ob ihre Anzüge irgendwelche Schäden genommen hatten. Aber alles schien noch einwandfrei zu funktionieren.

»Gut!«, sagte Nelson. »Dann nichts wie weg.«

Bloß in welche Richtung, wusste er auch nicht. Auf dem Weg hierher, angeführt von Chobotnice, war er noch überzeugt davon gewesen, sich alle Gänge und Tunnel dieses Unterwasserlabyrinthes merken zu können. Doch jetzt kamen ihm schon an der ersten Abzweigung Zweifel.

»Ich hab's aufgezeichnet«, sagte Emily.

Sie drückte einen Sensor und auf dem Ärmel-Display erschien ein mit Richtungspfeilen markierter Weg.

»Das kann Marvin sicher besser lesen als ich«, sagte Emily und schickte die Grafik an ihren Bruder im Raumschiff, der ihnen sofort eine Wegbeschreibung durch die Höhle übermittelte.

»Jetzt den Abzweig nach rechts, dann den Gang hoch, nach links, geradeaus, weiter hoch, nach rechts und dann wieder runter und nach links.«

»Halt! Mach langsamer!«, verlangte Nelson. »Wer soll sich das denn so schnell merken?«

»*Wir* müssen uns das so schnell merken«, erklärte Emily mit fester Stimme. »Und den Funkverkehr beenden. Die Divinier können das sicher mithören und wissen dann genau, wo wir gerade stecken.«

»Alles klar«, stimmte Nelson zu. »Ende des Funkverkehrs. Und du schwimmst voraus.«

Emily machte einen kräftigen Schwimmzug und setzte sich an die Spitze der Gruppe. Sie durfte nicht zu schnell schwimmen, da sonst Lea in ihrem Raumanzug nicht hinterherkam.

»Aber wir müssen uns beeilen«, forderte Emily und warnte: »Die Divinier kommen zurück!«

»Aus welcher Richtung?« Nelson schaute sich nach allen Seiten um, konnte aber keinen Divinier entdecken.

»Ich weiß es nicht«, gab Emily zu. »Ich sehe sie ja nicht, sondern spüre nur ihre Anwe...!«

Sie kreischte vor Schreck. Vor ihr schoss wieder so ein Riesenwurm aus dem Sand empor. Diesmal aber fackelte er nicht lange, sondern ging direkt zum Angriff über. Mit weit geöffnetem Maul raste der Schlangenkopf auf Lea zu, die im letzten Moment zur Seite sprang. Das Maul schnappte ins Leere. Sofort griff das Ungetüm erneut an. Plötzlich bohrte sich ein kleiner Stahlpfeil in seinen Körper. Der Wurm stockte in der Bewegung, sackte zusammen und fiel schlaff auf den Sandboden hinunter, wo er regungslos liegen blieb.

Lea sah, wie Aafje ein pistolenähnliches Gerät zurück in den Gürtel schob.

»Danke«, sagte Lea. »Volltreffer! Aber was ist das für eine Waffe? So ein Teil haben wir nicht bekommen.«

»Das ist ein Mittelding aus Harpune und Luftgewehr«, erklärte Aafje. »Sehr präzise, leicht und – tödlich!«

»Wir haben keine Androiden an Bord«, erläuterte Nelson. »Dafür aber zwei Kriegerinnen. Wir nennen sie Amazonen. Aafje ist eine davon. Die Weltraumzentrale hat die verschiedenen Spacekids-Crews anscheinend so zusammengestellt, dass sie sich gegenseitig ergänzen.«

»Ja«, brummte Lea leicht angesäuert. »Wir haben keine Kriegerinnen. Uns haben sie nicht einmal etwas von möglichen Feinden erzählt.«

»Wir müssen weiter!«, drängelte Emily. »Das war nicht der Wurm, den ich gespürt habe. Die Divinier sind uns bereits auf den Fersen!«

»Was?«, erschrak Nelson. »Sie haben unsere Flucht schon entdeckt und verfolgen uns?«

»Ja, was glaubst du denn?«, erwiderte Emily. »Die Divinier denken und handeln leider nicht so langsam, wie sie sprechen. Also los! Hier entlang.«

Sie schwamm weiter voran. Nelson und Aafje zogen Lea mit sich. Zum Glück hatte Emily sich Marvins Wegbeschreibung gut eingeprägt und fand so ohne weitere Zwischenfälle den Ausgang aus dem Unterwasserlabyrinth.

Doch damit standen sie vor einem neuen Problem. Der Ausgang ging direkt hinaus auf die Hauptverkehrsstraße, die jetzt sogar noch voller schien als vorhin. Jeder Versuch, sich hier unbemerkt entlangzubewegen, war von vornherein zum Scheitern verurteilt. Dafür sahen die Kinder einfach zu anders aus. Ebenso gut hätte ein weißer Hai versuchen können, in einem Raumanzug unauffällig über den Ku'damm in Berlin zu flanieren.

»Ich komme mir vor wie E. T.«, sagte Lea. »Wie sollen wir zu unserem Raumschiff kommen, ohne dass jemand auf uns aufmerksam wird?«

»Damit!« Aafje zeigte auf ein Transportfahrzeug, das an einem felsigen Gebäude festgemacht war. Offenbar parkte es dort. Seine mit Plane abgedeckte Ladefläche sah groß genug aus, dass sie alle darauf Platz finden könnten.

»Wozu hat das Ding eine Abdeckplane?«, wunderte sich Emily. »Damit die Ladefläche nicht nass wird, oder wie?«

»Nee, damit wir uns verstecken können«, witzelte Nelson, wurde aber sofort wieder ernst. »Los, rauf da!«

»Kannst du so ein Teil denn überhaupt bedienen?«, fragte Lea.

»Keine Ahnung!«, antwortete Nelson ehrlich. »Aber

ich kann ein Raumschiff fliegen. Da wird's wohl nicht so schwer sein, solch ein Unterwasser-Vehikel zu steuern.«

»Okay, Leute, bei drei geht's los. Eins! Zwei! Drei!«, gab Lea das Kommando.

Ohne Rücksicht darauf, ob sie gesehen wurden oder nicht, schwammen sie aus ihrem Versteck heraus bis zu dem merkwürdigen Fahrzeug, das aussah wie eine Turbine mit Ladefläche und Fahrerkabine. Die Plane hinten war nicht festgezurrt, sodass sie ohne Weiteres darunterschlüpfen konnten.

Jetzt waren sie vor neugieren Blicken geschützt, allerdings war es auch stockdunkel. Emily knipste die Lampe ihres Helms an. Ein paar schaufelähnliche Werkzeuge lagen in einer Ecke, sonst war die Ladefläche leer.

»Ich schwimme nach vorn in die Fahrerkabine und versuche, das Ding zu starten!«, verkündete Nelson.

Vorsichtig lugte er unter der Plane hervor, um zu schauen, ob die Luft, oder besser gesagt: das Wasser rein war, und schwamm dann um den Wagen herum bis nach vorn, wo er die Tür suchte. Es gab keine. Verflixt, wie stieg man in dieses Fahrerhaus ein? Nelson schwamm mehrmals um das ganze Vehikel herum. Vergeblich.

Dann kam ihm die Idee, es von unten zu versuchen. Und tatsächlich: Der Wagen besaß keinen Boden, sondern war offen, sodass man bequem von unten ins Fahrerhaus tauchen konnte.

Aber auch dort sah Nelson sich zunächst einmal ratlos um. Es gab keine Sitze, kein Lenkrad, eigentlich gar nichts, was an ein irdisches Fahrzeug erinnerte. Die Fahrerkabine war leer, abgesehen von ein paar bunten Schaltern an der Decke. Nur welche davon sollte er betätigen? Und was würde dann passieren?

Auch die Farben der Knöpfe halfen ihm nicht weiter. Auf der Erde bedeutete Grün meist etwas Positives, bei Rot hingegen war Vorsicht geboten. Die Schalter hier waren aber lila, gelb, dunkelblau und silbern.

Nelson überlegte kurz und entschied sich für den silbernen Knopf. Kaum hatte er ihn gedrückt, drehte sich das Fahrzeug surrend einmal um hundertachtzig Grad um die Längsachse, sodass es mit dem Dach nach unten zum Stehen kam.

»Was machst du da?«, hörte er Aafje über Funk meckern.

»Sorry!«, entschuldigte sich Nelson.

Er drückte den gelben Schalter. Das Fahrzeug schoss in rasendem Tempo rückwärts.

»Oh Scheiße!«, stöhnte Nelson.

»Nelson!«, brüllte Aafje.

»Mist, wie bremst man? Wo ist das Lenkrad?«

Während Nelson panisch nach einer Steuerungsmöglichkeit suchte, blieb die Unterwasserwelt rundherum stumm. Zumindest hörte Nelson nichts. Doch er sah, dass auf der Straße die Hölle los war, weil er wie ein Geisterfahrer gegen den Strom durch den Verkehr raste. Hunderte Lebewesen, die hier unterwegs waren, wichen gleichzeitig zur Seite – wie ein Schwarm, in dem alle Fische wie auf Kommando die Richtung änderten. Dieses als Schwarmintelligenz bezeichnete Verhaltensmuster kannte man auch von verschiedenen Lebewesen auf der Erde. Der Grund dafür war, dass das gemeinsame Handeln dem Einzelnen mehr Sicherheit bot. Wie dieses kollektive Verhalten jedoch genau gesteuert wurde, hatte man noch nicht hinreichend erforscht. Und hier auf Divinien schien es ganz ähnlich zu laufen, weshalb es auch zu keinem Zusammenprall mit dem außer Kontrolle geratenen Transportfahrzeug kam.

»Halt das Ding endlich an!«, rief Aafje.

»Gern, wenn ich wüsste, wie!«, jammerte Nelson.

»Siehst du dort irgendwo einen blauen Knopf?«, tönte eine Stimme über Funk. Es war Specht.

»Das ist unser Technik-Roboter!«, erklärte Lea.

»Ja!«, antwortete Nelson.

»Drück ihn!«, wies Specht ihn an, »und dann richte deine Helmkamera auf die Bedientafel, damit ich die anderen Schalter auch noch sehen kann!«

Nelson tat, was Specht ihm sagte. Der Unterwassertransporter kam zum Stehen.

»Puh!« Nelson atmete erleichtert auf.

»Jetzt den lila Schalter drücken«, sagte Specht.

»Okay!«, bestätigte Nelson. Das Fahrzeug setzte sich vorwärts in Bewegung. »Und wie steuere ich das Ding?«

»Durch Verlagerung deines Körpergewichts. Ungefähr so, als würdest du Skateboard fahren, nur unter Wasser.«

»Auf einem Skateboard *steht* man«, gab Nelson zurück. »Hier gibt es nicht mal einen Boden!«

»Strecke deine Arme aus und lege die Hände an die Seiten des Fahrzeugs. Du steuerst, indem du dich entweder nach links oder rechts lehnst. Willst du nach oben, beug dich nach hinten, willst du nach unten, beug dich nach vorn«, erklärte Specht.

Nelson probierte es aus. Es ging erstaunlich einfach. »Das hättest du aber auch mal eher sagen können.«

»Ich wusste nicht, dass du es nicht wusstest«, konterte Specht. »Es ist doch eigentlich völlig logisch!«

»Ja, ja, schon gut!«, maulte Nelson. Dann fragte er Lea: »Ist der immer so?«

»Nein!«, warf Emily dazwischen. »Meistens ist er noch viel schlimmer.«

Nach kurzer Zeit beherrschte Nelson das Unterwasser-Gefährt wie aus dem Effeff. Allerdings hatte er die Orientierung verloren. Er steuerte schräg nach unten.

Aus dem Raumschiff kam sofort Protest.

»Andersrum!«, rief Marvin streng und nannte Nelson die Koordinaten.

»Mit Koordinaten kann ich gerade herzlich wenig anfangen«, rief Nelson genervt. »Ich hab hier kein technisches Hilfsmittel, um sie auszulesen.«

»Okay«, rief Aaron, der Navigator der afrikanischen Crew, der Marvin nun unterstützte. »Du musst nach links oben statt nach rechts unten!«

»Sicher?«, fragte Nelson.

»Natürlich sicher«, kam die Antwort. »Sonst würde ich es ja nicht sagen!«

»Der klingt ja wie Specht«, kicherte Emily.

»Das ist aber kein Robotervogel und auch kein Techniker. Aaron ist kein unhöflicher Griesgram wie euer Specht, sondern einfach sehr präzise und bedacht. Auf ihn kann man sich eigentlich immer verlassen.«

»Was heißt denn da *eigentlich*?«, beschwerte sich Aaron über Funk.

Und auch Specht hatte etwas zu meckern: »Ich bin ein Roboter und somit weder unhöflich noch ein Griesgram. Ich bin neutral und sachlich!«

»Wer's glaubt!«, widersprach Emily.

»Leute, konzentriert euch. Wir sind auf der Flucht!«, mahnte Lea. Sie spähte durch die Plane nach draußen.

Nelson drückte noch mal den lila Knopf, in der Hoffnung, das Fahrzeug würde beschleunigen, was aber nicht der Fall war.

»Merkwürdig!«, sagte Lea. »Ich sehe gar keine Verfolger!«

»Das ist doch prima!«, fand Aafje.

Lea traute dem Frieden nicht. »Aber in der Höhle hatten sie doch sofort die Verfolgung aufgenommen. Wieso kommen sie uns jetzt nicht hinterher? Da stimmt doch was nicht!«

Das Fahrzeug hatte inzwischen den Rand der großen Sandkuhle erreicht.

»Hoffentlich ist die unsichtbare Wand nicht wieder da«, sagte Nelson.

»Natürlich ist sie noch da«, belehrte Specht ihn. »Sie war die ganze Zeit da, schließlich ist sie ein Teil der Röhre, durch die wir hergekommen sind. Die Divinier haben die Wand vorhin nur irgendwie deaktiviert, um hindurchzugleiten. Und ich vermute, wir können das Gleiche mithilfe eines der Schalter tun.«

Auch Emily und Aafje hatten ihre Köpfe hinausgestreckt, um die Umgebung zu sondieren.

»Man sieht wirklich nichts von der Röhre«, staunte Emily. »Und auch nichts, was sich darin befindet. Es sieht einfach aus wie sandiger Meeresboden.«

»Dahinter steckt ein simpler Spiegeltrick«, erklärte Specht.

Nelson schaute nacheinander die Knöpfe an seinem Schaltpult an. Er drückte den gelben und das Fahrzeug hielt auf die Wand zu.

»Ja!«, lobte Specht plötzlich. »Sehr gut. Du bist geradewegs durch die Wand hindurch. Und jetzt den Motor stoppen, sonst fährst du auf der gegenüberliegenden Seite wieder hinaus.«

Nelson drückte den blauen Knopf. Das Gefährt hielt an, dümpelte aber noch ein Stück weiter. Er beugte sich nach vorn, um das Fahrzeug abzusenken und es sanft auf dem Meeresboden zu parken. Zufrieden hob er den Blick und sah zu den Raumschiffen hinüber.

Dann traf ihn beinah der Schlag. Erschrocken zuckte er zusammen, wodurch das Fahrzeug ins Schlingern geriet.

»Hey!«, rief Aafje von hinten. »Was soll das?«

Nelson versuchte sich zusammenzureißen. Schnell legte er zur Stabilisierung die Hände an die Fahrzeugseiten. Er hielt sich aufrecht und überlegte, ob er wirklich parken oder nicht besser durchstarten und abhauen sollte.

»Seht euch das an!«, stieß er hervor.

»Was meinst du?«, Marvin verfolgte das Geschehen in der *Kids' Settlement One* am großen Bildschirm.

Aaron stellte die gleiche Frage, während Emily, Aafje und Lea hinten auf der Ladefläche sich weit hinausbeugten, um nachzuschauen, was da vorne los war. Als sie sahen, was Nelson derart erschreckt hatte, hielten auch sie vor Entsetzen die Luft an.

Auf beiden Raumschiffen saß jeweils ein Riesenkalmar! Wie Chobotnice hatten sie Gorilla-Gesichter, waren allerdings vier- bis fünfmal so groß. Mindestens!

»Du meine Güte!«, entfuhr es Lea.

»Was habt ihr denn alle?«, fragte Marvin leicht ungeduldig.

»Habt ihr das etwa noch nicht mitbekommen?«, fragte Nelson.

»Na, was denn?« Auch Aaron in der *Wanaohama ndege* wurde allmählich ungehalten.

»Seht euch die Übertragungsbilder meiner Helmkamera an!«, erwiderte Nelson. »Oder schaut einfach mal aus dem Fenster zum jeweils anderen Raumschiff.«

Marvin drückte einen Knopf, um die Bilder von Nelsons Helmkamera auf den Monitor zu holen. Perry lief zum Fenster, um zum afrikanischen Raumschiff rüberzuschauen. Aaron und der Rest der afrikanischen Crew sahen zur *Kids' Settlement One* hinüber.

Kurz herrschte absolute Stille. Vor Entsetzen brachte keines der Spacekids ein Wort heraus.

»Das ... das gibt es doch nicht!«, hauchte Perry schließlich als Erster.

Er rieb sich die Augen, weil er einfach nicht glauben konnte, was er da durchs Fenster sah. Dann huschte sein Blick zum großen Monitor, den Marvin noch immer fassungslos anstarrte.

Perry begriff, dass auch auf ihrem Schiff genau solch ein Koloss saß wie auf der *Wanaohama ndege.* »Wieso haben wir davon nichts mitgekriegt?«

»Habt ihr das Gewicht dieser Riesen nicht gemerkt?«,

wunderte sich Lea. »Die müssen euch doch förmlich in Grund und Boden drücken!«

Perry eilte zu seinem Schaltpult hinüber, um die Anzeigen und Messdaten zu checken.

»Nein, hier drinnen ist alles okay«, meldete er. »Es wird weder eine äußere Störung noch irgendeine Bedrohung angezeigt. So als wäre da draußen alles in schönster Ordnung.« Er wandte sich fragend an Specht.

Der Roboter-Vogel konnte sich das Phänomen auch nicht erklären. »Sämtliche Kontrollinstrumente funktionieren, aber es werden keine Besucher angezeigt.«

»*Besucher* ist eine niedliche Umschreibung«, schnaubte Lea. »Wenn die nur kurz mal mit ihren Fangarmen zudrücken, zerquetschen die euch wie eine alte Coladose. Das System hätte doch Alarm melden müssen!«

»Wir können es jetzt nicht mehr ändern«, entgegnete Perry. »Die Sensoren müssen wir später überprüfen. Sag lieber, was wir jetzt tun sollen.«

»Was können wir schon tun?«, fragte Lea zurück. »Oder hast du eine Idee, Nelson? Ich denke, fliehen ist zwecklos. Aber in unser Raumschiff steige ich auch nicht, solange dieser Koloss da draufsitzt.«

»Zumindest wissen wir jetzt, weshalb sie uns nicht weiter verfolgt haben«, meldete sich Emily zu Wort. »Weil sie nämlich bereits hier waren und damit gerechnet haben, dass wir herkommen würden. Ich denke, Aafje und ich sollten das jetzt übernehmen.«

Aafje nickte ihr zu.

»Perry!«, rief Emily. »Kannst du an meinen Computer gehen und versuchen, eine Verbindung zu den beiden Riesen aufzubauen, und mir diese auf meinen Raumanzug geben?«

»Kann ich versuchen«, antwortete Perry. »Aber mit deinem Kommunikationscomputer kenne ich mich nicht so gut aus.«

»Ich übernehme das«, bot VIUA sich an.

Emily und Aafje warteten noch auf die Verbindung, als sich unter der Ladefläche plötzlich Chobotnices Gorilla-Gesicht hervorschob.

Lea, die zwischen Aafje und Emily hinten an der Kante der Ladefläche saß, schreckte zurück. Alle drei Mädchen gingen instinktiv in Deckung. Keine Frage. Ihre Flucht war auf ganzer Linie missglückt.

Chobotnice zog mit einer raschen Bewegung die Plane weg. Lea, Aafje und Emily saßen jetzt schutzlos auf der Ladefläche.

»Wo wollt ihr hin?«, fragte Chobotnice.

Lea war so perplex, dass sie nicht wusste, was sie antworten sollte.

»Hallo!«, kam Emily ihr geistesgegenwärtig zu Hilfe.

Sie horchte in sich hinein, ob sie irgendwelche aggressiven Schwingungen, Stimmungen oder Emotionen von Chobotnice oder einem anderen Divinier auffing. Nichts von alledem war der Fall. Aber vielleicht irrte sie sich auch. Emily war noch immer unsicher, was ihre besondere Fähigkeit anging. Trotzdem beruhigte es sie ein wenig, dass sie keine Feindseligkeit spürte.

»Wir ... äh ... dachten ... wir fliegen lieber nach Hause!«, begann sie vorsichtig.

»Mitten in unserer Besprechung?«, fragte Chobotnice. »Wir hatten doch eine Bitte geäußert, auf die wir noch keine Antwort erhalten haben.«

»Wir haben doch gesagt, dass wir bereits eine andere Mission verfolgen!« Aafje hatte beschlossen, dem Divinier ein bisschen forscher entgegenzutreten, als Emily es tat.

»Wir möchten euch einen Vorschlag unterbreiten«, teilte Chobotnice mit. »Aber ihr wart plötzlich fort. Deshalb sind wir hierhergekommen, um mit euch zu sprechen.«

»Einen Vorschlag?« Lea war auf der Hut. War das vielleicht nur irgendein raffinierter Schachzug? Aber die Divinier brauchten gar nicht zu tricksen. Die Spacekids befanden sich voll und ganz in ihrer Gewalt. Sie hatten keine Chance, gegen den Willen der Divinier den Planeten zu verlassen.

»Wie ... äh ... sieht denn dieser Vorschlag aus?«

Nelson, der das Gespräch über Funk mitbekam, glitt aus der Fahrerkabine heraus und schwamm schnell nach hinten zu den anderen, um bei der Unterredung dabei zu sein.

»Ein Teil eurer Crew bleibt hier«, erklärte Chobotnice.

Also doch!, dachte Lea. Nelson hatte recht gehabt.

Die Divinier suchten Arbeitssklaven für die Energiegewinnung an Land. »Zwei oder drei Kinder als ständige Ansprechpartner und Leiter der Baustellen würden uns genügen.«

Leiter der Baustellen? Hatte Lea richtig verstanden? Keine Sklaven?

»Das wäre uns eine große Hilfe«, fuhr Chobotnice fort. »Im Gegenzug können wir euch helfen, das Problem mit dem Raketengeschwader der Venomier zu lösen.«

»Ihr könnt uns helfen, das Kriegsschiff zu besiegen?«, fragte Lea sicherheitshalber noch mal nach. »Habe ich das richtig verstanden?«

»Das ist nicht allzu schwer«, entgegnete Chobotnice. »Wir wissen, was die Venomier vorhaben. Ihr erstes Geschwader ist mit Chlor und Brom bestückt; schlecht für eure Ozonschicht, gut zum Desinfizieren von Wasser. Und wir haben so einige Stellen auf unserem Planeten, wo wir so etwas gut gebrauchen können.«

»Ihr wollt die Chemikalien der Venomier einfach einkassieren?«, fragte Perry.

»Wir führen die Chemikalien einem friedlichen Zweck zu«, antwortete Chobotnice diplomatisch.

»Und das CO_2 des zweiten Geschwaders ...«, setzte er fort. »Nun, wir sind ein hoch technisiertes Unterwasservolk. Mit Kohlendioxid und Wasserstoff kennen wir uns also gut aus. Wir beherrschen seit vielen Jahrhunderten ein Verfahren, bei dem wir mithilfe von Mikroorganismen aus Kohlendioxid und Wasserstoff Methan produzieren.«

»Methan?«, fragte Emily.

»Erdgas!«, erklärte VIUA.

»Richtig. Es gilt bei euch als wichtige Energiequelle. Die Raketen würden, statt eure Erde zu erwärmen, im All neue Energieträger schaffen. Ihr könntet Erdgasdepots anlegen, zum Beispiel auf dem Mond.«

»Wow!«, rief Nelson. »Das hieße ja, wir können nicht nur den Angriff abwehren, sondern gleichzeitig einen Beitrag zur Rettung der Welt leisten, indem wir für neue Energiequellen sorgen?«

»Stimmt das, VIUA?«, fragte Lea nach.

»Technisch wäre das möglich, wenn die Divinier tatsächlich die Methoden dafür entwickelt haben«, bestätigte VIUA.

»Das haben wir«, versicherte Chobotnice. »Ihr müsstet dafür nur drei bis vier eurer Besatzungsmitglieder hierlassen.«

Nelson schaute Aafje an.

»Für immer?«, fragte Nelson.

»Sagen wir, zunächst einmal für drei Jahre?«, schlug Chobotnice vor. »Ihr könnt sie auch austauschen.«

Aafje sah Nelson an und nickte. Stumm wurden die beiden sich einig.

»Wir sind zu zehnt, ihr seid nur vier«, sagte Nelson zu Lea. »Ich denke, wir werden vier Freiwillige finden, die hierbleiben.«

»Bei zwei Besatzungsmitgliedern von uns weiß ich schon, dass sie mit dabei sind«, erklärte Aafje.

Sie dachte an die beiden Kinder, die zu Hause in Afrika direkt am Meer gelebt und bereits sehnsüchtig nachgefragt hatten, ob es auf Kids' Planet denn auch Ozeane gab.

»Im Austausch geben wir euch zwei unserer Leute mit, die den Umwandlungsprozess der Raketeninhalte in Erdgas überwachen können«, schlug Chobotnice vor.

»In Ordnung«, willigte Nelson ein und auch Lea war einverstanden.

Sie schaute noch einmal fragend zu Emily. Ihre Freundin konnte nichts Negatives erspüren. Sie hatte nur einen Vorbehalt: »Wie sollen die beiden Divinier bei uns an Bord überleben? Sie brauchen doch Wasser.«

»Oder spezielle Atemgeräte, genau wie ihr, wenn ihr euer Raumschiff verlasst«, erläuterte Chobotnice. »Das wird kein Problem sein. Ich kann euch die beiden vorstellen.«

Wie ein Zauberer, der ein Kaninchen aus dem Hut zog, präsentierte ihnen Chobotnice zwei Wesen, die wie aus dem Nichts plötzlich links und rechts von ihm auftauchten. Die Verblüffung der Spacekids war groß, als sie zwei Schildkröten vor sich sahen. Damit hatten sie nun nicht gerechnet, eher mit Kalmaren mit Gorilla-Gesichtern.

Lea musterte die beiden eingehend. Ja, es waren tatsächlich Schildkröten. Außer dass sie wie alle anderen

Divinier ebenfalls Hände besaßen, wiesen sie sonst keinen erkennbaren Unterschied zu irdischen Wasserschildkröten auf. Doch der äußere Schein trog. Im Gegensatz zu ihren Pendants auf der Erde waren sie ausschließlich an das Wasser gebundene Lebewesen, die sich an Land nur mithilfe eines Wasserhelms und einer speziellen, in ihre Panzer integrierten Atemhilfe aufhalten konnten, wie Chobotnice erklärte.

»Wozu braucht ihr dann aber Leute von uns, wenn ihr selbst welche habt, die an Land atmen können?«, fragte Nelson nach.

»Das gelingt eben nur mit der Unterstützung von Technik, die immer auch fehleranfällig ist. Und im Vergleich zu euch bewegen sie sich an Land äußerst behäbig. Ihr seid im Wasser ja auch viel langsamer als Meereslebewesen.«

»Hallo!«, grüßte der eine Schildkröten-Divinier. »Mein Name ist Zelva. Ich bin Technikerin!«

»Und ich bin Licko!«, stellte sich der zweite vor. »Ingenieur. Es wird uns eine Freude sein, mit euch zusammenzuarbeiten.«

»Ja ... äh ... hallo.« Lea versuchte sich wieder zusammenzureißen und ein paar zusammenhängende Sätze zustande zu bringen. »Wir ... ähm ... Also, ich bin Lea.« Stammelnd stellte sie der Reihe nach Emily, Nelson und Aafje vor; die restlichen Spacekids in den Raumschiffen erwähnte sie jedoch nicht. Vermutlich wussten die Divinier das sowieso schon alles.

Mittlerweile musste Lea sich eingestehen, dass sie die Divinier völlig falsch eingeschätzt hatte und ihre dramatische Flucht aus dem Palast dumm und voreilig gewesen war.

»Na schön«, sprang Emily ihrer merklich aus dem Konzept geratenen Freundin zur Seite. »Wenn ihr meint, das funktioniert?«

Trotzdem hatte sie noch Bedenken, diese zwei schildkrötenähnlichen Wesen an Bord aufzunehmen und mit ihnen zusammenzuarbeiten. Andererseits waren sie bereits mit einem Androiden sowie einem Robotervogel im All unterwegs. Da machten zwei sonderbare Gestalten mehr wohl auch nichts mehr aus.

»Versuchen wir es!«, erklärte sie schließlich.

»Es freut uns, dass wir uns einig geworden sind«, sagte Chobotnice feierlich.

»Ähm«, machte Emily, »wollen wir jetzt einen Vertrag schließen oder so?«

Diese Vokabel war im Übersetzungsprogramm der Divinier offenbar nicht enthalten.

»Einen Vertrag?«, fragte Chobotnice. »Was ist das – ein Vertrag?«

»Na ja«, versuchte Emily zu erklären. »Eine schriftliche Vereinbarung, in der noch mal festgehalten wird, was wir abgesprochen haben.«

»Schriftlich?«, fragte Chobotnice. Er schien kurz in seinem Übersetzungsprogramm zu suchen, bevor er antwortete: »Ach so! Schrift, wie unsere Symbole.«

Stimmt!, dachte Lea. Sie hatte zwar noch nicht viel von Divinien gesehen, aber Schrift hatte sie bislang nirgendwo entdeckt. Es hatte lediglich ein paar bunte Schilder gegeben, auf denen jedoch nichts gestanden hatte. Offenbar waren die Farben darauf die eigentliche Information gewesen. Außerdem hatte sie noch ein paar Tafeln mit Symbolen bemerkt, die sie aber nicht hatte entschlüsseln können.

»Wozu braucht ihr eine Schriftspeicherung?«, fragte Chobotnice. »Vergesst ihr sonst eure Leute bei uns?«

»Äh, nein«, antwortete Emily. Wie sollte sie ihm den Sinn eines Vertrags erklären, ohne dass er den Eindruck bekam, sie würden ihm misstrauen?

»Lass gut sein«, sagte Lea. »Ein Vertrag nützt uns sowieso nichts. Wenn sie sich nicht an die Abmachung halten, gibt es keine Weltall-Justiz, die darüber entscheiden könnte.«

»Okay«, mischte sich nun wieder Nelson ins Gespräch ein. »Ihr wartet hier, während wir an Bord unserer Raumschiffe gehen. Ich schicke euch die vier Freiwilligen heraus.«

Er wandte sich per Funk an seinen Navigator. »Aaron, hast du alles mitgehört?«

»Klar«, lautete umgehend die Antwort. »Wir haben sie schon ausgewählt. Sie stehen bereit. Es sind Paul ...«

»Paul?«, fragte Emily nach. Was für ein seltsamer afrikanischer Name.

»Seine Mutter war als deutsche Touristin in Tunesien«, erklärte Nelson lächelnd. »Sie ist dann für immer geblieben.«

Aaron sprach weiter: »Also Paul, Rahima, Taariq und Ubwa.«

»Gut«, stimmte Nelson zu. »Prima, dass Marashi bei uns bleibt. Wir werden sie auf Kids' Planet noch dringend brauchen, denke ich.«

»Wieso? Was ist mit ihr?«, wollte Lea wissen.

»Marashi ist eine hervorragende Spurenleserin«, erklärte Aafje.

»Wow!«, meldete sich Marvin per Funk. »So safarimäßig?«

»Na ja, nicht ganz«, entgegnete Aafje. »Ihr Vater ist Kriminalkommissar in der Großstadt Nairobi. Von ihm hat sie viel gelernt und ihr Großvater war früher ein bekannter Elfenbeinjäger des Kambu-Stammes. Ihre Eltern setzen sich heute jedoch für den Schutz der Elefanten und gegen den Elfenbeinhandel ein. Ihre Mutter ist sogar Wildhüterin. Jedenfalls ist Marashi unglaublich gut darin, Spuren zu finden und zu analysieren. Das wird uns bei der Suche nach dem Venomier-Hauptquartier hoffentlich von Nutzen sein.«

»Oh!«, sagte Lea. »Gut!«

Aafje hatte sie soeben wieder an die eigentliche Aufgabe der Spacekids erinnert: Kids' Planet aufbauen, aber vorher noch die Venomier ausfindig machen und dafür sorgen, dass sie keinen Schaden mehr anrichten konnten. Wenn sie sich so vor Augen führte, was ihnen jetzt noch für Kämpfe bevorstanden – im All sowie auf Kids' Planet – , konnte sie mit einem Mal gut nachvollziehen, weshalb die vier afrikanischen Besatzungsmitglieder sich freiwillig gemeldet hatten, um hier vor Ort zu helfen. Die Divinier schienen Kriege oder feindliche Handlungen gar nicht zu kennen. Natürlich hatten sie nur einen oberflächlichen Eindruck von Divinien und seinen Bewohnern gewinnen können, aber es schien ein gewaltfreier Planet mit friedfertigen Bewohnern zu sein. Wenn man mal davon absah, wie sie mit dem aggressiven Riesenwurm kurzen Prozess gemacht hatten. Fast verspürte Lea selbst Lust, hierzubleiben und sich friedlichen Aufgaben zu widmen, statt gegen die Venomier in den Kampf zu ziehen.

Sie seufzte. »Ich freue mich schon, Marashi kennenzulernen«, sagte sie schließlich.

Die beiden Divinier-Kolosse gaben die Raumschiffe frei. Mit einer Leichtigkeit, die man solchen Giganten kaum zugetraut hätte, schwammen sie hinauf bis zum Rand der Kuhle, drehten sich und zischten dann los wie Torpedos.

Lea sah ihnen nachdenklich hinterher. Sie vermutete, dass die beiden Riesen die Funktion von Wächtern oder vielleicht sogar Polizisten innehatten. Aber wenn sie auf Divinien so etwas wie Ordnungshüter brauchten, ging es hier womöglich doch nicht ganz so friedlich zu, wie es auf den ersten Blick schien. Oder ob solche Wächter nur beim Kontakt mit außerdivinischen Wesen zum Einsatz kamen? Lea nahm an, dass sie Antworten auf diese und viele andere Fragen im Laufe ihrer bevorstehenden Reise von den beiden Schildkröten-Diviniern erhalten würde.

Gern hätte Lea Divinien und seine Bewohner noch ein bisschen besser kennengelernt, aber leider drängte die Zeit. Sie hatten eine Mission zu erfüllen. Die Zukunft des Planeten Erde stand auf dem Spiel.

Sie mussten sich beeilen.

Sabotage!

Die zwei Schildkröten-Divinier teilten sich auf die beiden Raumschiffe auf – Licko bestieg die *Kids' Settlement One*, Zelva begleitete die Crew der *Wanaohama ndege*. Zwar wären sie lieber zusammen gereist, aber die Absicherung des Projektes hatte absoluten Vorrang. Denn falls einem der beiden Raumschiffe etwas zustieße, hätte das jeweils andere immer noch einen Divinier an Bord, der über das nötige Wissen sowie einen ausreichenden Vorrat an Chemikalien und Mikroorganismen verfügte, um das Vorhaben erfolgreich durchführen zu können.

Die Divinier hatten an jedes Raumschiff ein spezielles Labor angehängt, das mit einem flexiblen Schlauchtunnel versehen war, um den Übergang zum Schiff zu ermöglichen. Denn Raumschiff und Labor passten natürlich nicht so ohne Weiteres zusammen wie aufeinander abgestimmte Module, weil sie völlig unabhängig voneinander konstruiert worden waren. An jedem Labor wiederum hingen fest verankert die Chemikalien- und Mikroorganismenreservoirs.

Nacheinander machten sich nun die *Kids' Settle-*

ment One und die *Wanaohama ndege* mit ihren Anhängern auf den Weg, um sich dem Kriegsschiff der Venomier entgegenzustellen. Dazu reisten sie mithilfe eines Wurmlochs durch die Zeit, denn anders war die gewaltige Entfernung, die sie zurücklegen mussten, nicht zu bewältigen.

Start und Reiseflug der Raumschiffe verliefen reibungslos. Mittlerweile hatten sich die Spacekids an alle dazugehörigen Abläufe gewöhnt, und selbst so etwas Unvorstellbares wie das Zeitreisen verlor ein wenig an Faszination, wenn man es schon ein paarmal gemacht hatte. Bei Lea, Perry, Marvin und Emily hatte sich diesbezüglich eine gewisse Routine eingeschlichen, die manchmal sogar fast schon an Langeweile grenzte.

An Bord der *Wanaohama ndege* dagegen sah die Sache ein bisschen anders aus. Zum einen gab es keine hilfreichen Roboter an Bord, die einen Großteil der Aufgaben übernahmen, und zum anderen hatte sich die Crew auch noch fast halbiert. Zudem waren die afrikanischen Kinder, anders als die deutschen Spacekids, noch recht unerfahren, was diese Art des Reisens anging.

Aus diesem Grund waren Specht und VIUA sicherheitshalber die ganze Zeit über mit der *Wanaohama ndege* verbunden, um im Notfall helfend eingreifen zu können.

Die beiden Raumschiffe erreichten die Gegenwart

im All. Sie waren nur etwa zwei Tage Flugzeit vom Kriegsschiff der Venomier entfernt, was für Weltraumverhältnisse verdammt nah war. Trotzdem würden den Kinder-Astronauten noch ein paar Stunden zum Ausruhen bleiben, sodass sie alle eine Nacht lang schlafen könnten, bevor es ernst würde.

»Ankunft im Gegenwartsuniversum erfolgreich abgeschlossen«, teilte Specht mit und fuhr sämtliche Maschinen herunter, sodass das Raumschiff ruhig im All vor sich hin trieb. Die gleiche Meldung machte auch die *Wanaohama ndege.*

Lea wies Emily an, eine Verbindung zur *Fēichuán zi nù* herzustellen. Kurze Zeit später erschien Daisuke auf dem Bildschirm.

Lea unterrichtete ihn über die jüngsten Ereignisse und erklärte, dass sie nun mit zwei Raumschiffen den Venomiern entgegenflogen und die rettenden Mikroorganismen und Chemikalien mit an Bord hätten.

»Ihr könnt also umdrehen und zurück zum Kids' Planet fliegen, um da wieder nach dem Rechten zu sehen«, beendete Lea ihren Bericht.

»Alles klar!«, antwortete Daisuke. »Wir haben das Venomier-Schiff bisher nur beobachtet und auf euch gewartet. Noch ist nichts Außergewöhnliches geschehen. Und es gibt Spannenderes, als ein Raumschiff im Auge zu behalten, das eigentlich nichts tut, außer geradeaus zu fliegen. Wir machen hier also gern die Biege. Viel Erfolg euch allen!«

»Danke. Bis bald auf Kids' Planet!«, antwortete Lea. Und dachte im Stillen: *Hoffentlich!*

Sie schaute auf die Uhr. »Es ist jetzt achtzehn Uhr unserer Zeitrechnung. Insgesamt sind wir aber seit achtzehn Stunden wach. Ich denke, wir sollten uns eine Weile aufs Ohr hauen. VIUA und Specht überwachen die Systeme. Um vier Uhr ist dann Aufstehen angesagt und Lagebesprechung.«

»Aye, aye, Captain«, stimmte Emily sofort zu. Sie war todmüde, und auch Perry und Marvin würden sofort ins Bett fallen.

Allerdings war das in der Schwerelosigkeit so eine Sache für sich. Aufgrund der fehlenden Anziehungskraft konnte man sich nicht einfach in ein Bett legen. Lea befestigte ihren Schlafsack an beiden Enden an zwei Deckenhaken und kroch hinein. Dann zog sie den Reißverschluss zu. Nun würde sie sich zwar im Schlaf noch um sich selbst drehen, aber das würde sie gar nicht mitkriegen. Wichtig war, dass sie nicht im Raum herumschwebte. Außerdem achtete sie darauf, dass sich ihr Kopfende in der Nähe einer der Belüftungsdüsen befand. Andernfalls könnte sich im Schlaf aus ihrer eigenen Atemluft eine Kohlendioxidblase im Gesichtsbereich bilden, was akuten Sauerstoffmangel zur Folge hätte. Sie würde dann in panischer Erstickungsangst aufwachen und wie wild nach Luft schnappen.

Emily machte es sich unter Lea auf dem Fußboden bequem, wobei es in der Schwerelosigkeit ja kein oben und unten gab. Sie band sich eine Schlafmaske um die Augen, da es, anders als auf der Erde, im All auch keinen Tag und keine Nacht gab. Bei einem Aufenthalt auf der Raumstation ISS zum Beispiel könnte man erleben, wie innerhalb von vierundzwanzig Stunden sechzehnmal die Sonne auf- und unterging. Mit der Maske ließ Emily es nun Nacht werden, bis der Wecker klingeln würde.

Für Licko, den divinischen Ingenieur, war es am kompliziertesten, eine Schlafstelle einzurichten. Da es zu unbequem war, mit einem Wasserhelm auf dem Kopf zu schlafen, hatte er einen divinischen Schlafsack dabei. Dieser bestand aus einem durchsichtigen Kunststoffschlauch, den Licko, nachdem er hineingekrochen war, vollständig mit Wasser befüllte und von innen dicht verschloss. Nun schlief er wie in einem mit Wasser gefüllten Ballon.

Specht drehte sämtliche Anlagen, so weit es ging, herunter. Nur die Lüftung surrte leise und ein paar Lämpchen zeigten mit farbigem Blinken an, dass die Geräte einwandfrei funktionierten.

Marvin und Perry hatten sich in einem Nebenmodul zum Schlafen an die Decke gehängt. Ein bisschen so wie Fledermäuse, fand Perry. Die vier Spacekids waren schnell eingeschlafen.

Etwa vier Stunden später wurden sie von einem lauten Alarm geweckt, der durch das Raumschiff schrillte.

Das grelle Licht einer roten Signallampe blinkte unaufhörlich im Rhythmus eines schlagenden Herzens. Die Erschütterung, die das Raumschiff erfasste, nahm Lea in ihrem schwebenden Schlafsack erst gar nicht richtig wahr.

»Was ist passiert?«, schreckte sie auf.

Sie sah VIUA, der hektisch an verschiedenen Knöpfen herumhantierte, und ein Stück weiter hinten Specht, der im Nebenmodul zwischen den Schalttafeln hin und her flatterte. Aus einigen quoll Rauch. Zum schrillen Alarmläuten kam nun noch das Kreischen der Feuersirene hinzu, ausgelöst von den Rauchmeldern an Bord.

Auch Emily, Perry und Marvin waren von einer Sekunde zur anderen hellwach und schälten sich, so schnell sie konnten, aus ihren Schlafsäcken.

»Weltraumschrott?«, fragte Lea.

»Schlimmer!«, antwortete VIUA. »Ein Angriff. Wir wurden getroffen!«

»WAS?« Lea stieß sich kraftvoll ab und flog wie im Sturzflug zu ihrem Captain-Sessel. »Alle Mann auf ihre Posten!«

Doch dieser Befehl wäre gar nicht nötig gewesen. Perry, Marvin und Emily saßen fast so schnell wie Lea einsatzbereit auf ihren Plätzen. Nur Licko blieb in seinem Wasserballon und beobachtete die Szene von dort aus. Zu groß war die Gefahr, dass beim schnellen Aussteigen Feuchtigkeit austreten würde, die als schwebende Wasserkugel irgendwelche Schäden an empfindlichen Messgeräten anrichten könnte.

»Wer hat uns angegriffen?«, wollte Lea wissen.

»Die *Wanaohama ndege*!«, antwortete VIUA, während er die *Kids' Settlement One* mit voller Kraft rückwärts manövrierte, um außer Schussweite des afrikanischen Raumschiffs zu gelangen.

»Wieso das denn?«, brüllte Lea.

»Das Analyseprogramm läuft«, erklärte VIUA.

»Emily, ich will eine Verbindung zu Nelson. Sofort!«

»Schon klar!«, antwortete Emily. »Die *Wanaohama ndege* antwortet nicht.«

»Können sie uns hören?«, fragte Lea.

»Ich denke schon.« Emily nickte.

»Hey!«, schrie Lea, in der Hoffnung, dass ihre Worte zum anderen Spacekids-Raumschiff durchdrangen. »Nelson! Was ist los bei euch? Was soll der Scheiß?«

Im Hintergrund vernahm sie ein seltsames Fiepen, das sie zuvor noch nie im Raumschiff gehört hatte.

»Was ist das?«, fragte sie.

Emily zuckte mit den Schultern. »Ich weiß nicht.« Dann drehte sie den Kopf und sagte: »Ich glaube, das kommt von Licko.«

Aller Augen richteten sich jetzt auf ihn.

»Drüben in der *Wanaohama ndege* findet gerade ein Kampf statt«, berichtete Licko.

»Ein Kampf? Woher weißt du das?«

»Das Fiepen«, vermutete Emily. »Er hat Kontakt zu Zelva aufgenommen.«

»Ja«, bestätigte Licko. »Sie liegt genau wie ich in einem Wasserschlauch und sieht, wie Nelson und Aafje mit einem anderen Crew-Mitglied kämpfen. Der war es auch, der auf uns gefeuert hat.«

»Ein Crew-Mitglied?« Lea war entsetzt. »Das kann doch nicht wahr sein! Wieso ...?«

»Ein Venomier!«, fiel Perry dazu ein. »Was, wenn sich bei denen ein Venomier eingeschlichen hat?«

»Oh nein!«, rief Lea. »Bloß nicht!«

In ihrem Kopf überschlugen sich die Gedanken: Wenn Perrys Vermutung stimmte, dann war der Venomier nicht erst jetzt im All auf das Raumschiff gelangt, sondern bereits schon irgendwann vorher. Und das bedeutete, dass sich auf der Erde noch mehr Venomier befinden mussten als bisher angenommen. Es gab offenbar nicht nur welche in Berlin im Strandbad, sondern auch dort, wo die *Wanaohama ndege* gestartet war.

»Ihr Gegner ist sehr stark«, berichtete Licko. »Die fünf anderen Crew-Mitglieder haben sich jetzt auf ihn gestürzt. Deshalb können sie sich gerade auch um nichts anderes kümmern und reagieren nicht.«

»**Achtung!**«, rief VIUA. »**Eine weitere Rakete wurde auf uns abgefeuert.**«

Marvin riss das Steuer herum. VIUA gab vollen

Schub. Das Raumschiff schoss los wie ein Stein aus der Schleuder. Trotzdem waren sie nicht schnell genug. Die Rakete streifte das Raumschiff und verursachte eine heftige Erschütterung.

»Schadensmeldung!«, forderte Lea.

»Zwei Steuerelemente backbord leicht beschädigt«, meldete Specht. »Aber das kann von innen repariert werden.«

»Licko! Was passiert auf der *Wanaohama ndege*?«

»Anscheinend haben sie den Venomier unter Kontrolle gebracht, sagt Zelva. Aber sie sprechen davon, dass er …«

»Dass er was?«

Bevor Licko antworten konnte, sah Lea es mit eigenen Augen auf dem großen Monitor.

»Eine Explosion auf der *Wanaohama ndege*!«, rief Marvin, während er wie unter Schock auf den Bildschirm starrte.

»Nein«, widersprach VIUA. »Nicht auf, sondern an der Wanaohama ndege. Soweit ich es analysieren kann, wurde das Divinier-Labor abgesprengt!«

»Der Venomier wurde überwältigt und festgesetzt«, meldete Licko.

Kurz darauf erschien Nelson auf dem Monitor.

»Geht's euch allen gut?«, fragte er als Erstes.

»Ja«, sagte Lea. »Wir haben alles mitbekommen. Wie ist die aktuelle Lage bei euch?«

»Jetzt haben wir wieder alles im Griff«, berichtete

Nelson. »Mann, wer hätte denn ahnen können, dass wir einen Spion an Bord haben!«

»Was ist mit dem Divinier-Labor?«, fragte Lea.

Aafje kam ins Bild. »Wir haben es verloren. Könnt ihr es orten? Wir kriegen es im Moment nicht auf den Schirm. Vielleicht können wir es ja noch zurückholen?«

»Unser Vorrat an Mikroorganismen und Chemikalien an Bord der *Kids' Settlement One* reicht aus für unser Vorhaben«, schaltete Licko sich ein. »Genau für solche Zwischenfälle haben wir ja zwei Ladungen mitgenommen. Wir dürfen nur unser Labor nicht auch noch verlieren.«

»Ich hab's!«, sagte VIUA. »Das Labor wurde weit ins All hinausgeschleudert. Es würde mindestens einen Tag dauern, um es einzuholen, anzudocken, wieder herzurichten und zurück an unsere Ausgangsposition zu fliegen.«

»So viel Zeit haben wir nicht«, entschied Lea. »Wir setzen auf das Labor, das uns geblieben ist.«

»Unser Raumschiff ist beschädigt«, meldete jetzt Aaron. »Die Sauerstoff- und Wassertanks sind beide leck. Wir reparieren sie gerade. Aber so wie es aussieht, haben wir nur noch für zwei Tage Atemluft und Trinkwasser an Bord. Vermutlich müssen wir uns etwas von euch holen.«

»Okay, wir docken bei euch an«, sagte Lea. »Was habt ihr mit dem Venomier gemacht?«

»Den haben wir festgesetzt, keine Bange«, entgegnete Nelson lässig.

Aber so leicht ließ Lea sich nicht beruhigen. Sie dachte an die beiden Venomier, die sie auf Kids' Planet in eine Kammer eingesperrt hatten, aus der sie sich mühelos selbst befreien konnten. Damals hatten Lea und ihre Freunde die Kräfte der Außerirdischen vollkommen unterschätzt.

Und so hakte sie aufgeregt nach: »Festgesetzt? Wie und wo? Und wer bewacht ihn?«

»Keine Panik!«, versuchte Nelson sie zu beschwichtigen. »Der kann uns nichts mehr tun.«

»Das bezweifle ich«, widersprach Lea. »Schaut bitte nach, ob er noch da ist!«

»Haha!«, lachte Nelson. »Na gut, wenn's dich beruhigt ...«

Lea hörte mit, wie Nelson Aaron bat, nach dem Gefangenen zu sehen.

Jetzt sind sie auf der Wanaohama ndege *auch nur noch zu fünft*, überlegte Lea. Falls es dem Venomier gelänge, sich heimlich zu befreien, könnte er dort im Raumschiff wer weiß was anrichten. Immerhin hatte er es bereits erfolgreich geschafft, ein Divinier-Labor unbrauchbar zu machen.

Solange sie nicht wussten, ob der Venomier wirklich sicher in Gewahrsam war, sollten sie nicht an der *Wanaohama ndege* andocken, schlug Perry vor.

Lea stimmte sofort zu.

»Aaron sagt, der Venomier befindet sich nach wie vor hinter Schloss und Riegel«, meldete Nelson. »Also, keine Angst!«

Lea unterbrach kurz die Funkverbindung zur *Wanaohama ndege* und wandte sich an Specht und VIUA. »Wie sind die Arresträume an Bord konstruiert? Sind sie absolut ausbruchssicher?«

»Die Türen sind aus fünf Zentimeter dickem Titan«, erläuterte Specht. »Die müssten auch dem Ausbruchsversuch eines Venomiers standhalten.«

»Okay«, sagte Lea und nahm wieder Kontakt zu Nelson auf. »Dann docken wir jetzt an!«

Kampf im All

VIUA und Specht leiteten das Andockmanöver ein, Perry übernahm das Steuer. Es war ein höchst kniffliges Unterfangen, ein Raumschiff im All langsam und zentimetergenau an die Andockstelle heranzufliegen. Aber mit Unterstützung der computergesteuerten hochsensiblen Sensoren und der beiden Roboter schaffte Perry es letztlich problemlos.

»Andockmanöver abgeschlossen«, sagte VIUA. »Verbindung hergestellt. Verriegelung erfolgt.«

Das bedeutete, dass zwei Module so miteinander verbunden waren, dass die Schleusen geöffnet werden konnten und eine Durchgangsröhre entstand, durch die man von einem Raumschiff ins andere gelangte.

Perry zog sich dennoch seinen Raumanzug für den Ausstieg an, denn er sollte zusammen mit Aafje von außen die Verbindungen zwischen den Sauerstoff- und Wassertanks der *Kids' Settlement One* und der *Wanaohama ndege* herstellen. Sicherheitshalber nahm er noch sein Jetpack mit. Dann schwebte er gemeinsam mit VIUA hinüber ins afrikanische Raumschiff.

Lea folgte ihm, um mit Nelson zu besprechen, was sie als Nächstes tun wollten. Licko setzte sich seinen Wasserhelm auf und stieg aus seinem Kunststoffschlauch. Er sollte zusammen mit Zelva an der Beratung der beiden Kommandanten teilnehmen. Nur Emily und Marvin blieben zusammen mit Specht in der *Kids' Settlement One*.

»Fertig zum Aussteigen!«, meldete Aafje auf der *Wanaohama ndege.*

Sie und Perry legten die Jetpacks an und betraten die Ausstiegsschleuse. Aaron überwachte den Druckausgleich. Marvin saß am Schaltpult der *Kids' Settlement One*, um die Tanks zu öffnen, sobald die beiden die Verbindungsschläuche angeschlossen hätten.

Lea und Nelson berechneten, wann sie das Kriegsschiff der Venomier erreichen würden, und besprachen mit Licko und Zelva, wie sie bei ihrem Angriff vorgehen wollten.

»Das Chlor und Brom saugen wir ab«, erläuterte Licko. »Wir werden zwar nicht alles aufnehmen können, jetzt, wo das zweite Labor weg ist, sogar noch weniger, aber den Rest lassen wir einfach ins All abfließen. Dann kümmern wir uns um das CO_2. Die Methode dafür ist eigentlich denkbar einfach. Sie ist vergleichbar mit einer Impfung. Unsere Mikroorganismen sind in kleine Einheiten abgepackt – als Mini-Torpedos, in denen sie abgeschossen werden können.

Sie bohren sich in den Kern der CO_2-Raketen, geben die Mikroorganismen frei, und dann wird die chemische Reaktion in Gang gesetzt und das CO_2 in Erdgas umgewandelt.«

»Wow!«, sagte Nelson. »Mit der Technik könnte man auf der Erde zum Multimilliardär werden.«

Lea warf ihm einen missbilligenden Blick zu.

»Schon gut«, wehrte Nelson ab. »Ich meine ja nur«.

»Die Schwierigkeit wird sein, die Raketen zu treffen«, wandte Lea ein. »Meine erste Frage lautet: Haben wir genug von diesen Mini-Torpedos? Und die zweite: Wie oft dürfen wir es uns erlauben, danebenzuschießen? Und zum Schluss: Wie wollen wir die Raketen überhaupt treffen? Die befinden sich doch bestimmt im Innern des Kampfschiffes.«

»Sind die Mini-Torpedos mit Selbststeuerung ausgestattet wie alle modernen Waffensysteme?«, fragte VIUA.

»Ja«, antwortete Licko.

»Wie eine Drohne?«, fragte Nelson. Er wusste, dass Drohnen im Jahre 2015 bereits in der Lage waren, ihr Ziel – einmal identifiziert – selbsttätig aufzuspüren und zu treffen.

»Im Prinzip ja«, antwortete VIUA. »Zweihundert Jahre in der Zukunft sind wir mit solchen Techniken natürlich sehr viel weiter. Die Fortführung von sogenannten intelligenten Waffen sind androide Waffen. Das sind Waffensysteme, die hochintelligent und selbstständig denkend sind. So wie ich. Ich als fliegende Bombe, sozusagen.«

»Nee, danke.« Lea schüttelte den Kopf. Intelligente Waffen? Wozu wurde so etwas überhaupt entwickelt? Allerdings musste sie einräumen, dass das zugrundeliegende Prinzip jetzt sehr hilfreich sein würde, um die Erde zu retten.

»Dann treffen die Mini-Torpedos die Raketen also auch, obwohl sie sich im Innern des venomischen Schiffes befinden?«, fragte sie.

»Davon gehen wir aus«, antwortete Licko. Da sie es aber noch nie mit einem Raumschiff der Venomier zu tun gehabt hatten, konnte er es nicht mit Sicherheit sagen.

»Okay«, entgegnete Lea. »Wie nah müssen wir an das Raketenschiff heranfliegen, um die Mini-Torpedos abschießen zu können?«

VIUA rechnete es blitzartig aus. Doch noch bevor er das Ergebnis verkünden konnte, warf Nelson dazwischen: »So nah, dass die Venomier auch *uns* treffen könnten. Womit auch immer sie uns angreifen werden.«

Lea erzählte ihm, dass sie das letzte Mal, als sie in einer vergleichbaren Situation gewesen waren, zusammen mit dem asiatischen Raumschiff ein Ablenkungsmanöver durchgeführt hatten: Ein Raumschiff hatte die Venomier beschäftigt gehalten, während das andere angreifen konnte.

»Das wäre eine Möglichkeit«, überlegte Nelson. Doch restlos überzeugt wirkte er nicht. »Besser wäre es allerdings, sie würden gar nicht merken, dass wir kommen.«

»Aber wie willst du das anstellen?«, wollte Lea wissen.

Plötzlich erklang Aarons Stimme: »Alarm! Der Venomier ist entflohen!«

»Was?«, schrie Nelson entsetzt. »Wie ist das möglich?«

Lea kannte die Antwort darauf bereits. Wieder einmal waren die Kräfte der Venomier unterschätzt worden.

»Wir müssen ihn finden«, rief sie. »Schnell, VIUA hat einen Spezialgriff drauf, mit dem kann er die Venomier lahmlegen.«

Gemeinsam mit Nelson und VIUA machte sie sich auf den Weg. Sie wollten zunächst den aufgebrochenen Arrestraum in Augenschein nehmen und dann nach dem Venomier suchen. Doch dazu kam es gar nicht mehr.

Mit einem Mal meldete sich Perry von draußen: »Ey, was macht ihr da?«

Lea funkte ihn an. »Wieso, was meinst du?«

»Unser Raumschiff!«, rief Perry. »Ihr koppelt es ab. Seid ihr verrückt?«

»WAS?«

Hier auf der *Wanaohama ndege* hatte sie nichts

davon bemerkt. Ein Blick auf die Instrumentenanzeigen und den Monitor genügte jedoch, um zu sehen, dass Perry recht hatte. Die *Kids' Settlement One* mit Emily, Marvin und Specht an Bord war dabei, sich vom afrikanischen Raumschiff loszulösen, während Perry und Aafje noch draußen im All zugange waren. Wieso?

»Marvin! Was ist da los?«, brüllte Lea ins Kommunikationssystem. »Marvin, bitte melden!«

»Mayday, Mayday!«, ertönte plötzlich das internationale Notsignal.

Das war Specht, der da nach ihnen rief. »Der Venomier ist hier an Bord. Er hat Marvin und Emily niedergeschlagen und – hey!«

»Specht? Was ist los?«, fragte Lea.

»Er greift ... mich ... Moment ... Er ... Ich muss hier weg ... Er greift mich an!«

»Specht!«, rief Lea, bekam aber keine Antwort. »Specht?«

»An alle: Alarm!«, rief Lea. »Der Venomier ist in unser Raumschiff eingedrungen und hat Marvin und Emily überwältigt. Specht konnte anscheinend flüchten und der Venomier ist gerade dabei, die Kontrolle über unser Schiff zu übernehmen. Er hat es schon abgekoppelt. Wir kommen nicht mehr rüber!«

Perry und Aafje, die draußen im All schwebten, hatten alles mitgehört. Perry brach vorsichtshalber die Funkverbindung zum Raumschiff ab und auch mit Aafje sprach er kein Wort, für den Fall, dass der Venomier in der *Kids' Settlement One* ihre Kommunikation mitverfolgen konnte.

Zum Glück hatten er und Aafje die Jetpacks auf. So waren sie jetzt in der Lage, eigenständig zur *Kids' Settlement One* rüberzufliegen, um zu versuchen, von außen einzusteigen und den Venomier zu überwältigen. Theoretisch zumindest. Dabei konnten allerdings tausend Dinge schiefgehen.

In Zeichensprache machte Perry Aafje klar, dass das ihre einzige Chance war, das Raumschiff zurückzuerobern, bevor der Venomier Schub geben und mit annähernder Lichtgeschwindigkeit für immer verschwinden würde. Und sie mussten verdammt schnell sein! Ansonsten würde der Venomier auch noch das zweite Labormodul absprengen, womit ihre Chance, die Erde zu retten, endgültig zunichte wäre.

Aafje nickte. Sie ging in Position. Perry zählte stumm an den Fingern bis drei, dann starteten sie ihre Jetpacks.

Mit Karacho sausten sie zur *Kids' Settlement One* hinüber. Perry bremste rechtzeitig ab, Aafje aber stoppte ihren Raketenrucksack einen Tick zu spät. Mit einem gehörigen Rums knallte sie gegen die Außenwand des Raumschiffes. Hoffentlich hatte der Venomier nichts gehört!

Aafje rieb sich die schmerzende Schulter. Perry gab ihr mit Gesten zu verstehen, dass sie entlang der Hülle bis zum Bauch des Raumschiffs kriechen mussten, um dort durch eine kleine Notluke hineinzuklettern. Dabei war größte Vorsicht geboten, damit der Venomier nichts mitbekam. Sollte er noch Gelegenheit haben, die Luke von innen zu verriegeln, wäre es für sie beide zu spät.

Lea und die anderen in der *Wanaohama ndege* wussten nicht, was Perry und Aafje vorhatten, da keine Funkverbindung mehr bestand. Aber Nelson entdeckte die beiden, wie sie sich Stück für Stück zur Unterseite des Raumschiffs vorarbeiteten. Aufgeregt zeigte er durchs Fenster zur *Kids' Settlement One* hinüber. »Guck mal da, Lea!«

Als Lea ihren Bruder und Aafje sah, war ihr sofort klar, was Sache war.

»Aber wie wollen sie den Venomier überwältigen, wenn sie drinnen sind?«, sagte sie. »Sie haben keine Chance gegen ihn.«

Sie überlegte, ob sie Specht irgendwie informieren konnte. Wenn sie ihn über Funk kontaktierte, würde der Venomier möglicherweise alles mitbekommen.

Ablenkung!, fiel Lea ein.

Sie mussten die Aufmerksamkeit des Venomiers auf etwas anderes lenken, damit Perry und Aafje unbemerkt ins Raumschiff gelangen und es zurückerobern konnten. Die Frage war nur, wie sie das anstellen sollten? Lea begann nervös an ihren Fingernägeln zu kauen. Von Specht war kein Mucks zu hören, von Perry und Aafje ebenso wenig. Absolute Funkstille. Aber zumindest hatte Lea die beiden Spacekids kurz gesehen. Mittlerweile jedoch waren sie im Raumschiff verschwunden.

Wie es für das Duo da drinnen jedoch weiterging, das wusste sie nicht. Und die *Kids' Settlement One* entfernte sich weiter und weiter von der *Wanaohama ndege*.

Lea beschloss zu handeln.

»Nelson, kannst du mich mit unserem Raumschiff verbinden?«

»Klar!«, antwortete Nelson. Da Aafje nicht da war, setzte er sich an ihren Platz und übernahm die Aufgabe, für die eigentlich sie zuständig war.

»Wie hat sich der Venomier bei euch noch mal genannt?«, fragte Lea.

»Dada«, sagte Nelson. Und dann: »Die Verbindung steht jetzt!«

»Hey Dada!«, rief Lea zur *Kids' Settlement One* hinüber. »Für den Fall, dass du allein mit unserem Raumschiff abhauen willst – wir haben nicht einen Krümel Zucker an Bord. Du wirst verhungern!«

Es kam keine Antwort.

Lea fragte sich, ob Dada ihrer Notlüge auf den Leim gehen würde. Möglicherweise war es ihm aber auch egal, ob er draufging oder nicht. Vielleicht verfolgte er einzig und allein das Ziel, die *Kids' Settlement One* zu zerstören. Im Volk der Venomier zählte der Einzelne nichts, das wusste Lea, nur das Überleben der Gruppe war von Bedeutung.

Perry und Aafje hörten, wie Lea den Venomier ansprach. Perry wusste sofort, was seine Schwester damit bezweckte: Sie wollte den Außerirdischen ablenken.

Nicht schlecht, Schwesterchen, dachte er, und dann: *Vermutlich schnallt der Venomier aber ebenso schnell, was hier läuft.*

Trotzdem, wenn Lea eine solche Aktion startete, dann, weil sie davon ausging, dass er und Aafje so bessere Chancen hatten, den Venomier zu überwältigen. Und genau das würden sie versuchen. Perry und Aafje nahmen schnell ihre Helme ab, um sich besser bewegen zu können.

Lea gab Nelson ein Zeichen, die Verbindung zu beenden. Nelson tat, was sie verlangte.

Jetzt konnte Lea wieder frei sprechen: »VIUA, weiß Specht eigentlich auch, wie man über den Druckpunkt am Hals jemanden in die Bewusstlosigkeit versetzt? Kennt er diese Technik?«

»**Ja**«, antwortete VIUA. »**Da Specht Hände besitzt, kann er diesen Griff ebenfalls anwenden. Allerdings ist Specht deutlich kleiner als ich und wird so Probleme haben, an die richtige Stelle zu kommen.**«

»Kann jeder den Griff erlernen?«, fragte Lea.

»Ja«, sagte VIUA.

»Dann spiel Perry und Aafje die entsprechende Anleitung auf ihre Helmmonitore, damit sie wissen, was sie machen müssen!«, befahl Lea.

»Das ist gefährlich«, wandte VIUA ein. »Wir Androiden führen diesen Griff mit computergesteuerter Präzision aus. Ein Mensch sollte ihn mindestens fünfzigmal an einer Puppe geübt haben, bevor er ihn am lebenden Objekt anwendet.«

»Mag sein. Trotzdem!«, entschied Lea. »Schnell!«

Unterdessen versuchten Perry und Aafje, sich so leise und unauffällig wie möglich zum Kommandoraum des Raumschiffs hinzubewegen. Perry schwebte voran. Langsam tastete er sich an den vielen Kabeln, Rohren, Griffen, Haken und Schlingen entlang, um ins Hauptmodul zu gelangen.

Schon vom Eingang aus sah er Marvin, der bewusstlos durch die Kapsel schwebte. Der Venomier hatte ihn nicht einmal sicher festgemacht, und so bestand die Gefahr, dass er irgendwo gegenstieß und sich am Kopf verletzte. Auch Emily war bewusstlos. Ihr Overall hatte sich aber am Schaltpult verhakt, sodass sie nicht umhertrieb. Den Außerirdischen sah Perry nicht.

Vorsichtig tastete Perry sich weiter vor, griff nach Marvin, zog ihn zu sich heran und hielt weiter Ausschau nach dem Venomier.

Nichts zu sehen.

Er drückte Marvin in seinen Sitz und gab ihm vorsichtig zwei Ohrfeigen. Es war gar nicht so einfach, die Kraft der Schläge in der Schwerelosigkeit richtig zu dosieren. Aber es funktionierte, denn Marvin kam wieder zu Bewusstsein. Langsam öffnete er die Augen und sah sich verwirrt um. Er brauchte einen kurzen Moment, um sich zu orientieren. »Was …?«

»Pst!«, machte Perry und legte ihm einen Finger auf den Mund. »Kümmere dich um Emily! Und dann kommt erst mal richtig zu euch.«

Er schaute sich noch einmal nach Dada um. Fehlanzeige. Dabei war er sicher gewesen, den Venomier hier in der Kommandokapsel anzutreffen. Schließlich wollte er doch das Raumschiff entführen und das Labor absprengen! Aber wo steckte der Kerl? Und wo war Aafje?

Mit einem Mal überkam Perry ein schlimmer Verdacht: Hatte sich der Venomier etwa das Mädchen geschnappt, ohne dass er etwas davon mitbekommen hatte? Womöglich hielt sich der Außerirdische jetzt versteckt, um jeden Moment auch über ihn herzufallen.

»Bleib hier, unternimm nichts!«, flüsterte Perry Marvin zu. Er hatte den Eindruck, dass sein Freund noch zu benommen war, um ihm helfen zu können.

Perry griff an den Gürtel seines Raumanzugs und holte eine Waffe hervor, die nicht viel größer war als ein Feuerzeug, aber die Wirkung eines extrem leistungsstarken Elektroschockers hatte. Perry wusste, dass er vorsichtig damit hantieren musste, um nicht versehentlich irgendwelche empfindlichen elektrischen Leitungen oder Schaltungen zu beschädigen.

Vorsichtig stieß er sich von Marvins Sitz ab, schwebte hinauf unter die Decke und sondierte den Raum von oben. Doch von dem Venomier war nichts zu sehen. Perry überlegte kurz, ob er nach Aafje rufen sollte, befürchtete aber, sich dadurch zu verraten, und so ließ er es bleiben. Stattdessen entdeckte er Specht, dessen Kopf seltsam verdreht von seinem Hals herunterbaumelte wie eine reife Frucht, die kurz davor war, vom Ast zu fallen. Seine Krallen hatten sich in einem Belüftungsgitter verfangen, weshalb er nicht durch die Kapsel schwebte, sondern an der Wand festhing.

Perry krabbelte wie ein Insekt an der Decke entlang, dann weiter an der Wand hinunter bis zum Durchlass, durch den man zur Ausstiegsschleuse gelangte.

Er reckte den Hals und spähte um die Ecke, als ihn plötzlich eine Hand an der Kehle packte. Mit Schwung wurde er an die gegenüberliegende Wand geschleudert. Perry stöhnte auf. Er wollte seinen Elektroschocker einsetzen, merkte aber, dass er ihn nicht mehr in der Hand hielt. Bei dem Überraschungsangriff hatte er ihn verloren – jetzt driftete er von ihm weg durch den Raum. Noch bevor Perry irgendwie reagieren konnte, holte Dada erneut zum Schlag aus. Perry spürte einen scharfen Schmerz an der Schläfe. Vor seinen Augen tanzten Sternchen, aber die kamen nicht aus dem All. In seinem Kopf drehte sich alles und um ihn herum wurde es schwarz.

Als er wieder zu sich kam, hing er neben Specht an der Wand. Ein Stück über ihm klebte Dada an der Decke. Er lauerte auf Aafje, die in diesem Moment in den Kommandoraum schwebte. Perry wollte sie warnen. Er öffnete den Mund, aber da griff Dada das Mädchen auch schon an.

Doch Aafje war besser vorbereitet als Perry. Entweder hatte sie die Attacke geahnt oder sie besaß eine bemerkenswerte Reaktionsfähigkeit. Wie ein Boxer im Kampf duckte sie den Kopf weg. Dadas Arm fuhr über sie hinweg ins Leere. Aafje stieß sich von der Wand ab, machte im Fliegen eine Rolle vorwärts, drehte sich geschickt und schwebte nun aufrecht hinter dem Venomier. Noch ehe dieser wusste, wie ihm geschah, packte Aafje ihn von hinten am Nacken. Augenblicklich erstarrte Dadas Körper, so wie bei einem Kätzchen, das von seiner Mutter im Maul getragen wird.

Aafje drückte noch einmal fester zu und ließ dann los. Dada schwebte wie eine Puppe regungslos durch den Raum. Perry rappelte sich auf und auch Marvin und Emily waren wieder voll da.

»Super, Aafje!«, lobte Perry. »Woher kannst du so was?«

Da sie beide kurz nach Betreten des Raumschiffs die Helme abgelegt hatten, hatten sie die von VIUA aufgespielte Anleitung für den Kampfgriff gar nicht mehr mitbekommen.

»Dieser Griff ist Teil einer uralten Kampftechnik«, erklärte Aafje. »Der wurde mir im autosuggestiven Lernprogramm vermittelt. Dir nicht?«

»Leider nein«, antwortete Perry. »Aber nicht schlecht!«

Marvin und Emily schwebten heran.

»Alles in Ordnung mit euch beiden?«

»Ja, ja, geht schon!«, sagte Emily. Sowohl sie als auch ihr Bruder wirkten jedoch noch ziemlich benommen.

»Gut«, sagte Perry. »Aber was machen wir jetzt bloß mit dem Kerl? Den Arrestraum können wir ja wohl vergessen. Der ist offenbar nicht sicher.«

»Wir stoßen ihn ins All!«, schlug Marvin vor. Er war immer noch extrem sauer, dass Dada sie überfallen und überwältigt hatte.

Aafje und Perry schauten ihn kopfschüttelnd an. Auch Emily warf ihm einen strafenden Blick zu. Sie wusste ja, dass Marvin zu radikalen Lösungen neigte. Für Aafje allerdings war das neu.

»Spinnst du? Das können wir nicht machen!«, widersprach sie. »Er ist doch kein Müllsack, den man einfach so entsorgt.«

»Er ist aber auch kein Mensch, sondern ein Venomier«, erklärte Marvin trotzig. »Er ist unser Feind, der uns gerade etwas antun wollte und vorhat, die ganze Erde zu vernichten.«

»Ich bin zwar eine Kriegerin«, entgegnete Aafje. »Aber das geht zu weit. Auch Gefangene haben Rechte! Und nichtmenschliche Spezies sollten auch human behandelt werden.«

»Ach ja? Aber was ist denn die Alternative?«, fragte Marvin.

Die Frage war berechtigt, fand Perry. Er war nämlich genauso ratlos, was sie tun sollten.

»Das sollen Nelson und Lea entscheiden«, antwortete Aafje.

Während Perry seinen vorbeischwebenden Elektroschocker schnappte und ihn wieder an seinem Gürtel festmachte, holte Aafje aus ihrem einen kleinen Gegenstand heraus, den Perry erst auf den zweiten Blick als Spritze identifizierte.

»Was ist das?«

»Ein Betäubungsmittel, das mindestens vierundzwanzig Stunden wirkt«, erklärte Aafje.

»Auch bei Venomiern?«, fragte Marvin zweifelnd.

Aafje nickte. »Verlass dich drauf.«

»Okay. Wir sollten ihn trotzdem noch fesseln und in den Arrestraum sperren. Dreifach gesichert hält besser.«

Und genauso machten sie es. Anschließend nahmen sie wieder Kontakt zu den Spacekids im afrikanischen Raumschiff auf und teilten ihnen mit, dass alles in Ordnung sei und sie die *Kids' Settlement One* nun wieder an die *Wanaohama ndege* andocken würden.

Lea fiel vor Erleichterung ein riesiger Stein vom Herzen. »Gut gemacht, Bruderherz!«, hauchte sie.

»Wir kommen rüber und dann stürzen wir uns in die Schlacht gegen das Raketenschiff!«, entgegnete er.

Rettung der Erde

Kurze Zeit später waren alle wieder auf ihren Posten: Lea und Nelson saßen in ihren Kommandositzen, Aaron und Marvin an ihren Navigationscomputern, Aafje und Emily vor den Kommunikationsgeräten und Perry und Malika als Piloten an den Steuerungsinstrumenten und Schaltknüppeln. VIUA war im Modul nebenan, um Specht zu reparieren.

Zum Glück ging das schneller als erwartet. Spechts Hals war lediglich verdreht und verkantet, wodurch der selbsttätig aufladende Akku herausgeplatzt war. Zwei Probleme, die in wenigen Minuten behoben werden konnten.

Licko und Zelva waren nun beide an Bord der *Kids' Settlement One* und bewachten gemeinsam das verbliebene Labor. Der Venomier Dada lag gefesselt und betäubt im afrikanischen Raumschiff im Arrestraum, dessen demolierte Tür von Marashi und Malika repariert wurde.

»Noch acht Stunden und siebenunddreißig Minuten, bis wir in Gefechtsnähe des venomischen Kriegsschiffes sind«, gab Marvin bekannt.

Die *Wanaohama ndege* flog hinter ihnen her. Der Navigator Aaron fügte über Funk hinzu: »Das heißt aber auch, nur noch zwei Stunden und elf Minuten, bis die Venomier uns orten können.«

»Was können wir dagegen tun?«, fragte Lea. »Habt ihr etwa eine Tarnvorrichtung oder so etwas? Wir nicht!«

Aaron hatte den Vorschlag gemacht, dass sie unbemerkt an das venomische Raketenschiff heranfliegen sollten. Theoretisch ein guter Plan, aber wie sollten sie den in die Praxis umsetzen?

»Nein«, antwortete Nelson. »Aber wir könnten uns verstecken.«

»Und wie?«

»Hinter einem Mini-Kometen, der so groß ist, dass er uns verdeckt, aber trotzdem klein genug, dass wir ihn noch mühelos vor uns herschieben können«, schlug Nelson vor.

»Und das merken die Venomier nicht?«

»Nicht, wenn wir im Blick- und Radarschatten bleiben. Wir halten uns sozusagen im toten Winkel«, erklärte Nelson.

»Alles klar, Leute«, schaltete Perry sich ein. »Ich finde, das ist ein guter Vorschlag. Und ich habe auch schon einen passenden Kometen ausfindig gemacht. Seht mal den da!«

Er gab den anderen die Koordinaten durch und holte den kleinen Kometen, der unweit von ihnen vorbeizog, auf den Schirm.

»Okay, den schnappen wir uns!«, verkündete Nelson. »Bleibt einfach an uns dran!«

Die *Wanaohama ndege* flog über die *Kids' Settlement One* hinweg, überholte sie und setzte sich vor sie. Das afrikanische Schiff hatte jetzt die Führung übernommen. Perry musste den Schub deutlich erhöhen, um nicht den Anschluss zu verlieren. Er war erstaunt über das Tempo, das Malika vorgab.

»Die fliegt ja, als wollte sie den Kometen rammen!«, sagte er.

Marvin schaute besorgt zu ihm hinüber. »Wirklich? Glaubst du, Malika ist auch eine Venomierin?«

»Nein, nein!« Perry winkte ab. »Ich meinte, die hat es anscheinend echt drauf. Sieh dir das doch bitte mal an!«

Malika flog eine enge Kurve, drosselte dann die Geschwindigkeit und setzte die Spitze des Raumschiffs sanft gegen den Kometen.

»Wow!«, stieß Perry anerkennend aus. »Als würde sie solche Manöver täglich machen. Dermaßen präzise und das bei dem Tempo, Respekt!«

»Wir haben angedockt«, gab Nelson durch. »Am besten wär's, ihr würdet euch direkt unter uns setzen und ebenfalls am Kometen andocken. Dann könnten wir mit vereinten Kräften schieben und wären noch besser getarnt.«

Perry sah Lea an und nickte.

»Okay, verstanden. Machen wir«, sagte Lea zu Nelson, bevor sie sich wieder zu ihrem Bruder umwandte: »Dann zeig mal, was du auf dem Kasten hast!«

Perry zweifelte nicht daran, dass er das Manöver hinkriegen würde, dennoch merkte er an: »So schnell wie Malika packe ich das aber nicht!«

Doch auch ihm gelang es, das Raumschiff problemlos und zügig an den Kometen anzudocken.

»Malika soll das Tempo und die Richtung bestimmen. Wir geben jetzt lediglich zusätzlichen Schub«, meldete Perry.

»Alles klar«, sagte Lea und gab die Information an Nelson weiter.

Im Doppelpack schoben die beiden Raumschiffe nun den Kometen vor sich her. Durch den erhöhten Kraftaufwand wurden sie automatisch langsamer, sodass sich ihre Flugdauer, bis sie das feindliche Schiff erreichen würden, ein bisschen verlängerte.

Perry und Malika flogen die Raumschiffe. Specht und VIUA überwachten sämtliche Systeme, auch die der *Wanaohama ndege*, damit sich beide Crews noch mal ein Weilchen hinlegen und ausruhen konnten.

Nach acht Stunden weckte VIUA sie mit den Worten: »**Alle auf Gefechtsstation!**«

Innerhalb weniger Minuten waren die Spacekids hellwach und einsatzbereit. Die meisten hatten vor lauter Aufregung ohnehin kaum ein Auge zugetan. Schließlich stand nicht irgendein Ausflug oder eine Klassenreise bevor, sondern ein Kampf im All, eine

Raumschiff-Schlacht, von der die Zukunft des Planeten Erde abhing.

Tragischerweise ahnte niemand auf der Erde etwas von diesem schicksalhaften Kampf. Und hätte man irgendjemandem zu Hause davon erzählt, dann wäre man von demjenigen für vollkommen verrückt erklärt worden. Die Menschen gingen ihren alltäglichen Beschäftigungen nach. Eltern machten gerade die Kleinsten für den Kindergarten fertig, Schüler beichteten ihren Lehrern, dass sie die Hausaufgaben vergessen hatten, Leute hetzten zur U-Bahn, weil sie nicht zu spät zur Arbeit kommen wollten. Babys wurden geboren und Großeltern zu Grabe getragen.

Keiner von ihnen wusste, dass sich ihr Schicksal gerade rund zweihundertfünfzig Millionen Kilometer über ihren Köpfen im All entschied.

»**Wir treten jetzt in den Bereich ein, in dem wir unter Beschuss genommen werden können**«, gab VIUA in nüchternem Ton bekannt.

»Okay.« Lea nahm diese Information zur Kenntnis und versuchte, sich ihre Nervosität nicht anmerken zu lassen. »Wurden wir von den Venomiern schon entdeckt?«

»Ich glaube nicht«, sagte Perry.

»**Das Venomier-Schiff befindet sich nicht in unserem Blickfeld**«, teilte VIUA mit. »**Umgekehrt ist es folglich genauso. Sie können uns nicht sehen. Aber wir können das Venomier-Schiff orten; umgekehrt auch.**

Aller Voraussicht nach werden sie jedoch davon ausgehen, dass das von ihnen geortete Objekt der Komet ist, weil sie nicht wissen, dass wir uns dahinter verbergen.«

»Okay«, sagte Lea. »Nelson, wir übernehmen jetzt die Steuerung.«

»Alles klar«, meldete der Captain der *Wanaohama ndege.*

»Perry, Kurs so ausrichten, dass wir nicht direkt auf das Venomier-Schiff zusteuern. Nicht, dass die uns noch in die Luft jagen, bloß weil sie sich vor einem herannahenden Kometen schützen wollen. Sie müssen uns für harmlos halten und davon ausgehen, dass wir an ihnen vorbeifliegen.«

»Schon geschehen«, erwiderte Perry mit fester Stimme.

»Zelva, Licko, hört ihr mich?«, fragte Lea. »Sind die Mini-Torpedos abschussbereit?«

»Ja«, antwortete Zelva. »Wir haben die Torpedos, um das Brom und Chlor abzusaugen, in das Geschossrohr Alpha eurer Abschussvorrichtung geladen und den zweiten Satz Torpedos mit den Mikroorganismen, um das CO_2 umzuwandeln, in das Geschossrohr Beta.«

»Gut«, erwiderte Lea. »Marvin, bist du bereit?«

»Noch nicht ganz«, entgegnete er. »Durch die Kurskorrektur haben sich die Koordinaten wieder verändert. Und, ich kann zwar das Schiff der Venomier orten, nicht aber die Raketen. Ich kann sie nirgends entdecken.

Die Besatzung der *Wanaohama ndege* genauso wenig. Aber ohne Ortung der Raketen kann ich die Torpedos nicht mit den Zielkoordinaten füttern. Hinzu kommt, dass ich nicht weiß, wie ich die beiden Raketensorten unterscheiden soll, also die mit dem CO_2 und die andere mit dem Brom und Chlor.«

»Nicht nötig«, gab Zelva durch. »Das analysieren die Torpedos eigenständig. Du musst nur die Raketen selbst, und zwar am besten deren Abschussvorrichtung, orten und die Koordinaten einprogrammieren.«

»Ja, okay«, antwortete Marvin. »Aber ich kann sie nun mal nicht entdecken!«

»VIUA?« Lea wandte sich an den Androiden. »Ist das denn auch eine gesicherte Information, dass sich die gefährlichen Raketen wirklich an Bord dieses Schiffes befinden?«

»Das wurde mehrmals vonseiten der Weltraumzentrale bestätigt«, versicherte VIUA. **»Mit einer Wahrscheinlichkeit von hundert Prozent.«**

Mit anderen Worten: Es gab keine Zweifel.

»Was machen wir, wenn wir die verdammten Raketen nicht orten können?«, fragte Lea mehr sich selbst als die anderen.

»Wir können das gesamte Schiff vernichten!«, schlug Marvin vor.

Emily seufzte. Warum war ausgerechnet ihr Bruder derjenige, der immer mit den radikalsten Ideen um die Ecke kam?

»Wir könnten die Raketen auch mit den Torpedos beschießen, *nachdem* die Venomier sie abgefeuert haben«, meldete sich Licko zu Wort. »Die Methode ist bei beiden Raketensorten die gleiche. Unsere Torpedos treffen die Raketen und beim Aufprall entfaltet sich eine Art großer Ballon, der sie umschließt und den Raketeninhalt aufnimmt und bei Bedarf umwandelt. Dann schweben die Ballons hier friedlich durchs All und wir müssen sie nur noch einsammeln: zum einen Ballons mit unserem Brom und Chlor und zum anderen Ballons mit eurem neu gewonnenen Erdgas.«

»Genial!«, lobte Lea. »Und diese Erdgasvorräte nutzen wir dann nicht auf der Erde, sondern auf Kids' Planet. Wie es dort um die Energiereservoirs bestellt ist, wissen wir nämlich auch noch nicht. Wäre das machbar, VIUA?«

»**Natürlich**«, erklärte VIUA. »**Das würde beim Aufbau von Kids' Planet sehr hilfreich sein.**«

»Okay«, freute sich Lea. »Dann machen wir's doch so!«

»Die Sache hat nur einen Haken«, warf Marvin ein. »Was ist, wenn uns eine Rakete entwischt und sie auf die Erde trifft?«

»Das darf nicht passieren!«, meldete sich Nelson aus der *Wanaohama ndege*. »Ihr feuert auf die Raketen. Wir jagen hinterher und sammeln die Ballons ein. Sollte euch aber eine Rakete durch die Lappen gehen, sprengen wir sie. Wenn wir zusammenarbeiten, werden wir schon alle erwischen.«

»Hoffentlich!«, sagte Lea. »Also okay. Dann folgen wir dem Venomier-Raumschiff und handeln erst, wenn sie beginnen, die Erde mit den Raketen zu beschießen.«

»Gut!«, stimmte Nelson zu. »Behalten wir die Außerirdischen im Au... Hey, wo sind sie? Habt ihr sie noch auf dem Schirm?«

Lea schaute und sah – nichts. »Nein! VIUA, was ist los?«

»Offenbar verfügen die Venomier über eine besondere Tarnvorrichtung. Sie erscheinen nicht mehr in unserem Aufklärungssystem.«

»Na toll«, brummte Marvin. »Da haben sie uns technisch ja einiges voraus.«

»Da sind sie!«, schrie Perry plötzlich. »Direkt hinter uns!«

»Was? Verdammt!«, fluchte Lea. »Nelson!«

»Schon gesehen«, antwortete Nelson.

Im selben Moment schoss ein Feuerstrahl aus der *Wanaohama ndege* heraus und bohrte sich in das Venomier-Schiff.

»Was ...?«, stotterte Lea. »Habt ihr etwa das Feuer auf sie eröffnet?«

»Hätten wir sie zuerst schießen lassen, gäbe es uns jetzt nicht mehr«, behauptete Nelson.

»Sag ich doch«, stimmte Marvin ihm begeistert zu. »Endlich mal einer, der handelt.«

»Mann!«, schimpfte Lea. »Du spinnst doch, Nelson!«

Schon kam ein zweiter Feuerstoß aus der *Wanaohama ndege* heraus und schlug bei den Venomiern ein.

Die Außerirdischen reagierten sofort, aber anders als erwartet. Statt zurückzuschießen, feuerten sie ihre erste Salve Raketen mit Brom und Chlor Richtung Erde ab – vermutlich früher als eigentlich geplant, aber genauso tickten die Venomier: Sie hatten einen Auftrag und den erfüllten sie ohne Wenn und Aber; sich selbst zu verteidigen, um das eigene Überleben zu sichern, war für sie keine Option, wenn dadurch ihre Mission gefährdet war.

»Raketen unter Beschuss nehmen!«, befahl Lea geistesgegenwärtig.

Marvin handelte blitzschnell und feuerte sofort ein paar Mini-Torpedos ab.

»Ihr müsst sie verfolgen!«, rief Lea Nelson zu.

Sie hörte, wie Nelson vollen Schub befahl. Die *Wanaohama ndege* schoss aus der Deckung heraus und jagte in einem Wahnsinnstempo den Venomier-Raketen hinterher.

»Aufgepasst, Leute!«, warnte Lea. »Jetzt können die Venomier sich voll auf uns konzentrieren!«

Doch stattdessen schossen die Außerirdischen die nächsten Raketen auf die Erde ab, wobei die Spacekids nicht wussten, ob das bereits CO_2-Raketen oder eine zweite Salve mit Brom und Chlor war. Marvin reagierte prompt und feuerte sicherheitshalber sowohl eine Ladung Mini-Torpedos aus Geschossrohr Beta als auch eine aus Rohr Alpha ab. Sollten die sich da draußen doch selbst sortieren!

»Haben wir genug Torpedos für alle Raketen?«, fragte Lea.

»Mit Sicherheit!«, antwortete Marvin.

»Okay, dann jetzt auf das Venomier-Schiff zielen!«, befahl Lea.

Perry drehte die *Kids' Settlement One* und gab Marvin die neuen Koordinaten durch.

Lea öffnete eine viereckige Plexiglasabdeckung, unter der sich der rote Knopf befand, um das Geschossrohr Gamma freizugeben, das mit tödlichen, intelligenten Gefechtsköpfen bestückt war.

Selbst Marvin musste jetzt einmal tief durchatmen. »Ziel im Visier!«, verkündete er.

»Feuer!«, befahl Lea.

Auch wenn es all ihren Überzeugungen widersprach, so wusste sie, dass es jetzt nur darauf ankam, wer schneller schoss – wie in einem Western. Lea hatte im Nu eine Entscheidung gefällt.

Marvin dagegen brauchte man gar nicht erst lange zu bitten. Obwohl auch er wusste, wie ernst es war, wenn man Geschossrohr Gamma aktivierte. Trotzdem: Ohne mit der Wimper zu zucken, eröffnete er das Feuer.

»Volltreffer!«, meldete er mit ein bisschen zu viel Stolz in der Stimme, wie Lea fand.

Sie sah auf dem Monitor, dass das Schiff der Venomier Feuer gefangen hatte und brannte. Sie war froh, dass es nicht sofort explodierte. So hatten die Außerirdischen vielleicht noch eine Chance, den Angriff zu überleben. Gleichzeitig waren sie zu beschäftigt, um weitere Raketen abzufeuern. Aber dazu waren sie technisch vermutlich sowieso nicht mehr in der Lage, da ihr Raumschiff zu stark beschädigt worden war.

»Perry, volle Kraft der *Wanaohama ndege* hinterher! Wir müssen ihnen beim Beschießen und Einsammeln der Raketen helfen.«

»Aye, aye, Captain!«, antwortete Perry.

Kurz darauf startete die *Kids' Settlement One* mit Höchstgeschwindigkeit durch. Marvin hatte die Raketen schnell geortet und Perry jagte ihnen hinterher. Schon bald konnten sie die ersten auf dem großen Bildschirm sehen.

»Könnt ihr eine Analyse starten?«, fragte VIUA die beiden Divinier, die sich sofort an die Arbeit machten.

Nach wenigen Minuten meldeten sie: »Von zehn Brom-Chlor-Raketen wurden alle getroffen. Die Ballons können eingesammelt werden. Von ebenfalls zehn CO_2-Raketen wurden neun getroffen. Der chemische Prozess wurde bei allen eingeleitet und wird in einer halben Stunde abgeschlossen sein. Sieben Raketen wurden bereits von der *Wanaohama ndege* eingesammelt. Die restlichen zwei haben sie auf dem Schirm.

Sie können sie innerhalb der nächsten sechzehn Minuten einholen.«

»Und was ist mit der zehnten Rakete?«, fragte Lea.

»Sie fliegt noch ungehindert auf die Erde zu«, antwortete VIUA.

»Wir müssen sie erwischen!«, stellte Lea klar. »VIUA, die Koordinaten?«

»Sind nicht verfügbar!«, sagte VIUA.

»Wie bitte?« Lea hoffte, sich verhört zu haben. »Wieso nicht?«

»Die zehnte Rakete ist verschwunden!«, antwortete VIUA in seiner ihm eigenen sachlichen Art.

Lea reagierte jedoch ganz anders. »Verschwunden?«, ereiferte sie sich. »Wie kann das denn sein?«

»Für das Verschwinden im All können eine Fülle von Ursachen verantwortlich sein«, erläuterte VIUA »So könnte zum Beispiel ...«

»Schon gut, VIUA. »So genau wollte ich es gar nicht wissen!«, fuhr Lea ihn an. Ein astrophysikalischer Vortrag von VIUA war jetzt das Letzte, was sie gebrauchen konnte!

»Nicht? Und warum fragst du dann?«, entgegnete VIUA.

Lea seufzte. »Ich frage anders, VIUA: Wie können wir die Rakete wiederfinden?«

»Ganz einfach!«, sagte VIUA.

Lea atmete auf. Sie hatte schon eine Katastrophe auf sie zukommen sehen.

»Suchen«, lautete VIUAs überraschende Antwort.

Lea zuckte zusammen. Sollte das etwa ein Witz sein? Natürlich nicht. VIUA war ein Androide, und die machten keine Scherze. Sie stöhnte. Die Katastrophe war da.

»Wieso suchen?«, fragte sie nach. »Ich denke, unsere Torpedos jagen denen von selbst hinterher. Wie konnten wir denn überhaupt eine Rakete verfehlen, wenn unsere Torpedos so schlau sind?«, fragte Lea nach.

»Möglicherweise ist ein Torpedo beschädigt worden«, erklärte VIUA. »Fakt ist, eine Rakete ist uns entwischt, die wir jetzt suchen müssen.«

»Aber wie um alles in der Welt sollen wir denn ...?«, setzte Lea an und wurde von Perry unterbrochen: »Ich hab sie!«

»Was? Echt?«

»Ja, offenbar ist die Rakete mit dem gleichen Tarnsystem ausgestattet wie das Venomier-Schiff. Aber gerade ist sie durch eine Sternenstaubwolke geflogen und so wieder sichtbar geworden, sodass wir sie orten konnten.« Er gab Marvin die Koordinaten durch.

Perry nahm Kurs auf die Rakete und flog dichter heran.

»Ziel im Visier!«, gab Marvin bekannt.

»Feuer!«, befahl Lea.

Marvin drückte den gelben Knopf an seinem Schaltpult: Gefechtsrohr Beta. Aus dem Bug ihres Raumschiffs schoss ein dünner, greller, silbern-bläulicher

Strahl, der auf seinem Weg zum Ziel in ein knalliges Gelb umschlug und dadurch fast wie ein übergeschnapptes Glühwürmchen aussah. Der Mini-Torpedo traf die Rakete in der Mitte und drang in sie ein wie die Nadel einer Impfspritze in den Muskel. Genauso hatten die Divinier die Methode ja auch beschrieben.

»Ziel getroffen. Die Mikroben können jetzt mit ihrer Arbeit beginnen und ihr dürft die Rakete einsammeln!«, gab Perry durch.

Lea, Emily und Perry brachen in schrillen Jubel aus. Auch VIUA und Specht signalisierten positive Zustimmung – zu mehr waren die Roboter nicht in der Lage. Im hinteren Modul erklangen merkwürdige Laute, die wohl ebenfalls große Freude ausdrücken sollten. Sie kamen von Licko und Zelva.

»Auftrag erledigt!«, meldete Nelson. »Alle Raketen entschärft und eingesammelt. Wir haben nun einen beachtlichen Vorrat an Erdgas!«

»Na, dann sag ich vielen Dank für die Zusammenarbeit und ab nach Hause. Kids' Planet, wir kommen!«, rief Lea unter großem Beifall beider Crews.

Zurück auf Kids' Planet

Als die *Wanaohama ndege* und die *Kids' Settlement One* auf dem Weltraumbahnhof von Kids' Planet landeten, stand die Crew vom asiatischen Kontinent schon zum Empfang bereit.

Doch der Erste, den Perry sah, als er ausstieg, war – Türilü! Seit ihrer Begegnung im Dschungel tauchte das kleine affenartige Wesen wie ein treues Haustier regelmäßig auf, verschwand aber jedes Mal ebenso plötzlich auch wieder. Doch es schien Perry und seine Freunde ins Herz geschlossen zu haben. Jedenfalls lief es jetzt wie ein freudiges Hündchen auf Perry zu, sprang ihm auf die Schulter und schmiegte sich an sein Ohrläppchen.

»Süüüß!«, sagte Emily lächelnd.

»Na«, begrüßte Perry das kleine Wesen. »Hast du dich bei Daisuke und den anderen wohlgefühlt?«

»Nicht wirklich!«, antwortete Daisuke, der Captain der asiatischen Crew. »Seit ihr von hier weg seid, haben wir das Türilü kaum zu Gesicht bekommen.«

Sichtlich gerührt streichelte Perry über die erstaunlich weichen Zacken am Rücken des kleinen Geschöpfs.

Offenbar fühlte sich das Türilü nur ihm zugehörig, obwohl es ab und zu auch Emilys Gesellschaft suchte. So wie jetzt. Kaum hatte Perry den Gedanken zu Ende gedacht, hüpfte es mit einem Satz von seiner Schulter herunter und landete bei Emily.

»Nee, schon klar!«, lachte Perry.

»Schön, dass ihr zurück seid.« Xiaomeng, die Erste Offizierin der *Fēichuán zi nù*, trat einen Schritt vor, legte die Hände aneinander und begrüßte die Ankömmlinge auf traditionell asiatische Weise. »Das Wichtigste über eure Reise haben wir ja schon von der Weltraumzentrale erfahren, aber nicht alles. Ihr müsst heute Abend unbedingt ausführlich erzählen.«

»Ja, Chi hat sich etwas ganz Besonderes einfallen lassen!«, versprach Daisuke.

»Chi?«, fragte Aafje.

»Unser thailändischer Koch«, antwortete Daisuke. »Also, in erster Linie ist er natürlich Astronaut wie wir alle. Aber er kocht hervorragend.«

»Stimmt, sein Eintopf ist genial!«, pflichtete Marvin ihm bei. »Wie hieß der gleich noch mal?«

Chi, der etwas im Hintergrund stand, verbeugte sich zum Dank für die lobenden Worte.

»Ja, Nabemono ist auch mein Leibgericht. Aber heute kocht er natürlich Afrikanisch!«, verkündete Daisuke. »Zu Ehren eurer Ankunft!«

»Bobotie?«, fragte Nelson mit erwartungsvoll weit aufgerissenen Augen.

Chi zeigte ein breites Grinsen. »Oh! Vorsicht, Leute! Wir haben einen Gedankenleser unter uns.«

»Was, echt jetzt?«, fragte Nelson.

Chi nickte.

»Ich liebe unseren Koch jetzt schon!« Nelson strahlte über das ganze Gesicht. Offenbar war Bobotie sein Lieblingsessen.

»Was ist das denn?«, fragte Emily skeptisch.

»Eine Art Hackfleisch-Auflauf«, erklärte Aafje.

Emily verzog das Gesicht. »Hab ich's mir doch gedacht. Schon wieder Fleisch!«

»Für die Vegetarier unter uns hab ich natürlich etwas anderes vorbereitet«, beschwichtigte Chi sie. »Lupinen-Geschnetzeltes.«

Jetzt verzog Marvin das Gesicht. »Gut, dass ich kein Vegetarier bin!«

Emily gab ihm einen Klaps auf den Hinterkopf. »Du hast das doch noch nie probiert, du Heini.«

»Also, was ist, Leute?«, fragte Lea. »Wollen wir etwa den ganzen Tag hier rumstehen? Nelson, stell mal deine Crew vor und dann geht's ab in unser Städtchen. Ihr werdet Augen machen!«

»Ihr vielleicht auch«, erwiderte Xiaomeng, was halb wie eine Warnung klang.

Als sie die Siedlung erreichten, verstand Lea sofort, was Xiaomeng gemeint hatte. Vor ihnen lag wieder die kleine Fußgängerzone, die fast genauso ausschaute wie die in ihrem Stadtteil, mit einer gepflasterten

Straße und bunten Blumenkübeln zwischendrin, um Autos am Hindurchfahren zu hindern. Die Häuser zu beiden Seiten sahen jedoch aus wie einer historischen Altstadt entsprungen. In den Erdgeschossen waren hübsche Läden untergebracht, die aber fast alle noch leer standen, sodass die Straße eher einer Filmkulisse ohne Requisiten glich.

So weit war die kleine Stadt von den Androiden aufgebaut worden, damit sich die ersten Kinder auf Kids' Planet wie zu Hause fühlen konnten. Inzwischen waren aber noch weitere Kinder aus verschiedenen Ländern hinzugekommen und dementsprechend hatte sich hier so einiges verändert.

Nun setzte sich die Straße mit Gebäuden fort, die allesamt aus Holz waren und steinerne oder ummauerte Terrassen sowie Dächer mit aufwärtsgeschwungenen Traufen hatten. Dahinter standen bizarr wirkende Konstruktionen, wie man sie wohl eher im modernen Tokio vermutet hätte. Daran schlossen sich eine Handvoll luftig gestalteter Bauten aus naturbelassenem Holz an, teilweise mit aufwendigen Schnitzereien versehen und großen Veranden mit Hängematten, die von Baldachinen geschützt waren. Sofort fühlte Lea sich an die Bilder von Safari-Lodges erinnert, die sie schon oft in Reiseprospekten bestaunt hatte. Zwischendrin standen noch ein paar moderne Glashäuser mit Liegefläche und Pool davor.

»Wow!«, stieß Marvin aus, als er die neuen Gebäude

sah. »Müssen wir weiter in unseren öden Etagenwohnungen wohnen oder dürfen wir auch hierherziehen?«

»Die meisten Gebäude stehen noch leer«, erklärte Daisuke. »Sie wurden ja für all jene gebaut, die noch kommen. Wir selbst haben ein paar Häuser im asiatischen Viertel bezogen, wenn wir es mal so nennen wollen. Das afrikanische Viertel steht euch noch komplett zur Verfügung, Nelson. Aber ihr könnt natürlich auch woanders einziehen.«

»Danke«, sagte Nelson. »Wir werden gar nicht so viel Platz brauchen, weil ja vier unserer Leute noch auf Divinien geblieben sind. Und für Zelva und Licko wäre ein Haus mit Pool wohl ganz praktisch. Dann können sie auch mal ihre Wasserhelme ablegen.«

»Gute Idee!«, sagte Licko. »Ich denke, das sollte funktionieren. Natürlich müssten wir noch einige Änderungen vornehmen.«

»Unsere Bau-Androiden stehen euch jederzeit zur Verfügung«, erklärte Daisuke. »Also, was meint ihr? Ihr richtet euch jetzt erst mal in Ruhe ein und in einer Stunde treffen wir uns im Saloon zum Essen.«

»Saloon?« Aafje machte ein fragendes Gesicht.

Lea grinste. »Die Androiden haben es Disneyland nachempfunden«, erklärte sie. »Sie dachten, sie tun uns Kindern einen Gefallen, wenn sie das Ganze hier wie ein Kinderparadies aufbauen. Ein Wunder, dass es keine Indiana-Jones-Tempelanlage oder einen Nimmerland-Park gibt.«

»Wollt ihr so etwas haben?«, fragte VIUA.

»Bloß nicht!« Lea winkte entsetzt ab. »Einerseits bildet ihr uns zu Astronauten aus, die mal eben die Welt retten sollen. Andererseits errichtet ihr für uns Städte wie im Fantasialand.«

»Disneyland«, korrigierte VIUA.

»Im Prinzip ist das doch das Gleiche«, sagte Lea. »Du verstehst nicht, was ich meine. Aber apropos Welt retten: Daisuke, was ist mit den Venomiern?«

»Nichts gehört und nichts gesehen«, entgegnete Daisuke. »Die Lebensmittellagerhalle wird noch immer von bewaffneten Androiden bewacht. Wir selbst kontrollieren nachts regelmäßig den Saloon und in der Stadt haben wir Alarmanlagen und Kameras installiert.«

Lea verzog das Gesicht. Ihr missfiel die Vorstellung, dass man in der neuen Stadt, die errichtet wurde, um den Menschen von der Erde vielleicht eines Tages ein neues Zuhause zu geben, gleich damit begonnen hatte, Überwachungskameras aufzustellen. Aber sie sah ein, dass diese Maßnahme notwendig war. Denn nicht nur die Venomier stellten eine Gefahr dar, sondern auch die furchtbaren Ungetüme, die sie schon mehrmals angegriffen hatten: elefantengroße Raubkatzen mit Fischköpfen und schrumpeliger Echsenhaut. Bisher hatten sie noch nicht herausfinden können, wie viele von diesen Viechern es gab, und auch nicht, wo sie lebten. Nur dass zumindest einige von ihnen unter dem Einfluss der feindlichen Venomier standen, so viel stand fest.

»Das ist bestimmt nur die Ruhe vor dem Sturm«, erklärte Perry mit düsterer Miene.

Allen war klar, dass sich da irgendwas zusammenbraute. Die Venomier heckten etwas aus. Wenn sie doch nur wüssten, wie viele sie waren und wo sie sich versteckt hielten!

Lea reckte den Hals und sah sich suchend um. »Marashi?«, rief sie.

»Hier!« Marashi kam aus einem der neu errichteten Häuser heraus.

»Marashi, traust du dir zu, hier mit uns nach Spuren der Venomier zu suchen? Sämtliche Versuche der Androiden, sie aufzuspüren, sind nämlich bisher erfolglos geblieben. Specht könnte dir auch helfen – als deine private Drohne sozusagen.«

»Ich kann's gern versuchen«, sagte Marashi. »Ich hab bereits mit Aafje darüber gesprochen. Es ist natürlich extrem schwierig, Wesen ausfindig zu machen, deren Lebensgewohnheiten und Gepflogenheiten man nicht kennt. Erst recht, wenn sie schon seit längerer Zeit nirgendwo mehr gesichtet wurden. Seid ihr überhaupt sicher, dass sie sich noch hier auf dem Planeten aufhalten?«

»Eigentlich schon«, sagte Lea. »Nach allem, was sie bisher unternommen haben, um uns zu bekämpfen, werden sie Kids' Planet nicht freiwillig verlassen haben. Außerdem brauchen sie laut Weltraumzentrale diesen Planeten genauso dringend wie wir Menschen. Sie sind nur, anders als wir, nicht bereit, ihn zu teilen. Wir müssen also weiterhin wachsam sein. Noch besser wäre es allerdings, wenn wir endlich ihr Hauptquartier ausfindig machen würden.«

»Nach dem Essen werde ich mich gleich auf Spurensuche begeben«, versprach Marashi.

Die afrikanischen Kinder holten ihr Gepäck aus dem Shuttlebus und suchten sich die Quartiere aus, in denen sie von nun an wohnen wollten.

Lea und Perry gingen in ihre Wohnung, die eine exakte Kopie ihres Zuhauses auf der Erde darstellte, was sie einerseits gut, andererseits aber auch ziemlich befremdlich fanden. Dass sie ihre eigenen Zimmer hier hatten – wenn auch nicht im Original –, war schon ganz praktisch, aber auf das täuschend echt nachgebildete Wohn- und Schlafzimmer hätten sie gut und gern verzichten können. Sie hatten bereits vereinbart, die ungenutzten Räume bei nächster Gelegenheit auszuräumen und umzugestalten. Bisher waren sie allerdings noch nicht dazu gekommen.

Als Erstes sah Lea nach ihren beiden Eidechsen – zum Glück waren das keine Kopien ihrer Haustiere in Berlin, sondern zwei neue Exemplare. Zufrieden stellte Lea fest, dass sich die anderen Spacekids während ihrer Abwesenheit gut um sie gekümmert hatten.

Perry verkrümelte sich in sein Zimmer, um das zu

tun, was er zu Hause auf der Erde auch getan hätte: Er setzte sich an seinen Computer.

Doch dann hielt er nachdenklich inne. In Berlin hätte er jetzt eine Weile im Internet gesurft oder mit Freunden gechattet. Aber hier auf diesem fremden Planeten, Lichtjahre von der Erde entfernt, existierte kein Internet und seine Freunde waren auch nicht da. Zwar waren alle Spacekids auf Kids' Planet über das Kommunikationssystem ihrer Anzüge miteinander vernetzt, aber nicht zum Spaß oder Freizeitvergnügen. Bei allem, was sie taten, ging es immer irgendwie um die gemeinsame Aufgabe, die sie zu bewältigen hatten. Das war etwas völlig anderes, als zu Hause mit Freunden zusammen zu sein.

Und Computerspiele machten ihm hier keinen Spaß. Die, die er sonst online spielte, gab's auf Kids' Planet sowieso nicht. Und die anderen, die in seinem Regal standen, erschienen ihm im Vergleich mit der Wirklichkeit, in der er ein ausgebildeter Astronaut war und die schwierigsten Manöver mit echten Raumschiffen absolvierte, irgendwie lächerlich.

Und sonst? Es gab zwar noch die Möglichkeit, über die Weltraumzentrale die neuesten Kinofilme abzurufen, aber die würde er sich doch lieber zusammen mit seinen neuen Freunden auf dem großen Bildschirm im Saloon ansehen wollen und nicht allein zu Hause in seiner Zimmerkopie.

Zum Glück hatte er noch seine Bücher! Perry warf

sich auf sein Bett, schnappte sich den neuen Weltraum-Bildband, sein derzeitiges Lieblingsbuch, und blätterte darin. Nach kurzer Zeit aber flog das Buch in die Ecke. Zugegeben, die Aufnahmen und Bilder darin waren toll, aber das, was er bei seinen Reisen durchs All live und in Farbe gesehen hatte, war um ein Vielfaches aufregender und faszinierender. Im Vergleich dazu waren die Abbildungen im Buch schon beinah langweilig.

Langeweile! Genau das traf den Nagel auf den Kopf. Perry empfand Langeweile, obwohl er mitten in einem aufregenden Weltraum-Abenteuer steckte. Oder vielmehr, genau deshalb. Denn keine Freizeitbeschäftigung konnte so interessant und spannend sein wie das, was er erlebte, sobald er sein Zimmer verließ und vor die Tür trat. Ein bislang unbekanntes Universum wartete darauf, von ihm erobert und verteidigt zu werden. Kurzum: Was machte er überhaupt noch hier in seinem Zimmer?

Perry sprang vom Bett auf und lief hinunter auf die Straße, wo er auf Marvin traf, der ächzend einen prall gefüllten Seesack schleppte.

»Wo willst du hin?«, fragte Perry.

»Ins afrikanische Viertel«, antwortete Marvin. »Ich wollte schon immer mal in Afrika leben.«

»Du Spinner!«, lachte Perry. »Das ist doch nicht Afrika! Zwei Straßen weiter ist es mit Sicherheit nicht heißer als hier und wilde Tiere gibt's dort auch nicht.«

»Wilde Tiere gibt es im bunten Dschungel sehr wohl, wie du weißt«, entgegnete Marvin. »Und wärmer als in Berlin ist es hier allemal, kalte Winter gibt's laut Weltraumzentrale ja auch nicht. Also passen die afrikanischen Häuser viel besser in diese Umgebung als unsere Mehrfamilienhäuser. Außerdem ist es da hundertmal cooler – ein Pool, Alter. Oder gibt's bei euch zu Hause vielleicht einen Privatpool?«

Marvin wusste genau, wie Perry in Berlin wohnte, und so sparte er sich eine Antwort auf diese rhetorische Frage. Außerdem hatte sein Freund ja irgendwo recht, fand Perry. Er hatte nur einen kleinen Einwand: »Bisher haben wir uns immer zu viert in eurer oder unserer Wohnung getroffen und sogar zusammen übernachtet«, sagte er. »Wenn wir uns jetzt aber aufteilen, ist damit dann Schluss.«

»Wenn du willst, kannst du gern bei mir mit einziehen«, sagte Marvin. »Und unsere Schwestern meinetwegen auch. Das Haus hat fünf Zimmer – da könnten sogar noch VIUA und Specht mitkommen.«

»Coole Idee!«, fand Perry. »Also, ich bin dabei und frage die anderen auch noch.«

»Super!«, freute sich Marvin. »Ich geh schon mal vor. Aber das Erdgeschosszimmer mit Zugang zum Pool gehört mir, dass das schon mal klar ist.«

»Gebongt!«, erwiderte Perry und flitzte zurück ins Haus, um Lea zu fragen, ob sie ins afrikanische Viertel umziehen würde.

Lea musste einen Augenblick überlegen, ob sie ihr Zimmer tatsächlich aufgeben wollte. Darin befand sich schließlich alles, was ihr lieb und teuer war. Ihr Computer zum Beispiel – ein Weihnachtsgeschenk ihrer Eltern, an dem Lea sich jedoch beteiligt hatte, weil es sonst zu teuer gewesen wäre. Um ein bisschen Geld zu verdienen, hatte Lea ein halbes Jahr lang jedes Wochenende als Hundesitter gejobbt. Leider konnte sie hier auf Kids' Planet nicht allzu viel damit anfangen, nicht mal an ihre Lieblingssongs kam sie heran, denn ohne Internetzugang war ihr Account zur Musik-Flatrate nicht aktiv. Und als Arbeitscomputer brauchte sie ihn nicht, da die Rechner, die ihr hier zur Verfügung standen, technisch viel ausgereifter waren. Im Vergleich dazu war ihr Computer geradezu ein Dinosaurier.

Wenigstens besaß sie die meisten ihrer Bücher noch in Papierform. Wie bei ihr zu Hause in Berlin standen sie aufgereiht nebeneinander im Regal. Die konnte sie also mühelos in Kartons packen und einfach mitnehmen.

Alles andere, womit sie sich sonst so beschäftigt hatte, kam ihr mittlerweile wie Kinderkram vor. Lea hatte gerade überhaupt keine Zeit, irgendwelchen Hobbys nachzugehen. Sie musste einen neuen Planeten aufbauen und die Menschheit retten!

Sie beschloss, dass sie nur ihre Eidechsen und die Bücher ins neue Haus im afrikanischen Viertel mitnehmen würde. Selbst ihre Klamotten konnte sie hierlassen, meist trug sie ja ohnehin ihren Raumanzug oder den Overall. Gut, vielleicht würde sie ab und zu in einen Badeanzug oder Bikini schlüpfen, um eine Runde im Pool zu schwimmen.

Dabei fiel ihr ein, dass sie endlich mal erkunden sollten, ob es auf diesem Planeten so etwas wie Meer und Strände gab. Das herauszufinden war sogar ausgesprochen wichtig, vor allem für Zelva und Licko, die dann unter für sie geeigneten Bedingungen leben könnten und gar nicht erst in einen Pool zu ziehen bräuchten.

Nun musste Lea nur noch Emily davon überzeugen, ebenfalls in das afrikanische Haus zu ziehen. Dann würde sie ihre Sachen packen und alles rüberschleppen. Aber das hatte noch Zeit bis nachher. Jetzt gab es erst mal Wichtigeres zu tun. Bald schon würden sich alle im Saloon versammeln, um dort gemeinsam zu essen.

Lea drückte Perry das Terrarium mit den Eidechsen in die Hand und bat ihn, es schon mal in das neue Haus mitzunehmen.

»Willst du die wirklich behalten?«, fragte Perry. »Um uns herum gibt es doch jede Menge Dschungel. Dort würden sich die beiden bestimmt wohler fühlen als in so einem kleinen Glaskasten. Hier auf dem Planeten gibt es anscheinend weder Schnee noch Frost. Also zumindest nicht in der Region, in der wir hier leben.

Klimatisch ist sie wohl vergleichbar mit Südeuropa oder Nordafrika.«

Lea sah ihren Bruder einen Moment nachdenklich an und kam zu dem Schluss, dass er recht hatte.

»Okay«, sagte sie. »Aber setze sie nicht in der Nähe vom Dschungel aus, sondern in unserem neuen Garten. Vielleicht bleiben sie ja dort und wir sehen sie abends an unserer Hauswand kleben. Das wäre doch nett.«

»Stimmt!«, pflichtete Perry seiner Schwester bei. »Müssen wir eigentlich unsere Möbel selbst rüberschleppen oder können wir damit ein paar Androiden beauftragen?«

»Das können wir nachher mit den anderen besprechen«, antwortete Lea. »Je nachdem, was alles so an Arbeit anliegt. Aber ich denke, zwei, drei Stunden können uns ein paar der Androiden sicherlich helfen. Und heute Abend können wir ja ruhig noch mal hier schlafen.«

»Alles klar!«, sagte Perry. Dann ging er mit dem Terrarium in der Hand die Treppen hinunter zu Marvin, um ihm die freudige Neuigkeit mitzuteilen, dass Lea mit ins afrikanische Haus kam. Bestimmt würde Emily da nicht als Einzige allein zurückbleiben wollen. Perry freute sich richtig auf den Umzug.

Unterdessen gönnte sich Lea eine ausgiebige Dusche. Sie genoss das warme Wasser auf ihrer Haut und bemerkte nicht, dass sie in der Zwischenzeit einen

Notruf verpasste. Denn erst, nachdem sie eine Viertelstunde lang geduscht, sich abgetrocknet und die Haare geföhnt hatte, schlüpfte sie in ihren frischen Anzug und aktivierte ihn. Sofort bemerkte sie ihren Fehler.

»Ach du Scheiße!«, fluchte sie und stürmte aus der Wohnung, um im Saloon hoffentlich so schnell wie möglich zu erfahren, was passiert war.

Als sie hinaus auf die Straße eilte, nahm sie Brandgeruch in der Luft wahr. Sie rannte los und schaute sich nach allen Seiten um, konnte aber nirgends Anzeichen für ein Feuer entdecken. Soweit sie es erkennen konnte, waren die Häuser ringsherum alle in Ordnung. Es beunruhigte sie, dass außer ihr niemand sonst zu sehen war.

Erst als sie den Saloon schon fast erreicht hatte, sah sie hinter der Stadt am Horizont eine schwarze Rauchsäule am Himmel. Lea blieb stehen und drückte auf ihren Ärmelsensor, um Verbindung zu Emily, Perry oder Marvin aufzunehmen.

Im selben Moment rief Daisuke aus dem Saloon heraus: »Lea, hier sind wir. Komm rein! Das musst du dir ansehen!«

Lea stürmte in den Saloon, in dem Daisuke neben Nelson, Xiaomeng und Aafje stand. Alle vier starrten auf den großen Bildschirm an der Wand, der deaktiviert als Barspiegel diente. Es waren Filmaufnahmen zu sehen, wie Lea sie aus den Fernsehnachrichten auf der Erde kannte: eine staubige Landschaft mit einem brennenden Feld und rennenden Menschen. Nur dass es sich hier um eine Live-Übertragung handelte und es keine Menschen, sondern Androiden waren, die auch nicht panisch durcheinanderliefen, sondern koordiniert und systematisch versuchten, einen großen Brand zu bekämpfen. Allerdings mehr oder weniger erfolglos.

Lea beobachtete, dass eine Handvoll Androiden gerade dabei war, das Feuer an einer Stelle mit einem Schlauch zu löschen, doch statt auszugehen, loderten die Flammen nur umso höher.

»Du liebe Güte, was ist da los? Und wo genau ist das?«, fragte Lea.

»Das sind unsere Gemüsefelder«, erklärte Daisuke. »Unsere Ernte.«

»WAS?« Lea hatte gerade nach einem Stuhl suchen wollen, um sich hinzusetzen. Jetzt blieb sie stehen. »Und da unternehmen wir nichts?«

»Natürlich unternehmen wir etwas«, widersprach Daisuke. »Es gibt vier Teiche in der Nähe der Felder, aus denen Wasser zum Löschen gepumpt werden kann. Aber wie du siehst, haben die Venomier sie mit einer brennbaren Flüssigkeit verunreinigt. Wenn wir jetzt dieses Wasser zum Löschen nehmen, hat das den gleichen Effekt, als würde man Benzin in ein Feuer kippen. Wir müssen dringend neues Wasser ranschaffen.«

»Aber woher? Und wie?«, fragte Lea.

»Trang, unsere Pilotin, und Malika sind bereits mit zwei kleineren Spaceshuttles unterwegs, um frisches

Wasser aus dem Meer zu zapfen und zur Brandstelle zu fliegen«, erklärte Daisuke.

Ein Meer!, dachte Lea. Unter anderen Umständen hätte sie diese Nachricht richtig glücklich gemacht.

»Perry, Aaron und Marvin wollen gerade mit dem Rover los, um zusätzlich Wasser über den Landweg zu holen. Specht und VIUA untersuchen mit einigen Techniker-Androiden, wie man das Teichwasser schnell wieder reinigen könnte. Emily unterstützt sie.«

Dann mischten also alle schon tatkräftig mit, um die Felder zu retten, während sie nichts Besseres zu tun gehabt hatte, als in aller Seelenruhe zu duschen. Anscheinend war sie als Einzige nicht erreichbar gewesen. Und das als Captain des europäischen Schiffes. Wie peinlich!

»Das ist aber nicht das eigentliche Problem«, fuhr Daisuke fort.

Au Backe. Jetzt kommt's!, dachte Lea. Nun würde sie einen gewaltigen Anschiss kassieren, weil sie in einer Notsituation nicht sofort zur Stelle gewesen war.

Aber sie irrte sich.

»*Das* ist das eigentliche Problem«, sagte Daisuke.

Er drückte auf die Fernbedienung und wechselte so zu einer anderen Kameraansicht. Auf dem Display erschien ein merkwürdiges Bild, das Lea zunächst gar nicht deuten konnte. Sie sah ein weites Feld, dahinter den bunten Dschungel, dann einen schwarzen schmalen Streifen, der sich zu bewegen schien und …

Daisuke zoomte näher heran. Lea kniff die Augen zusammen. Sie starrte angestrengt auf den schwarzen Streifen, der allmählich größer wurde. Plötzlich erkannte sie, was es war, und schnappte nach Luft.

»Meine Güte!«, hauchte sie. »Ist das wirklich …«

»Ein massiver Angriff der Venomier, ja!«, sagte Daisuke mit grimmiger Miene.

Lea schätzte, dass dort gut hundert Venomier im Anmarsch waren. Oder nein! Sie marschierten gar nicht, sie ritten. Jeder von ihnen saß auf dem Rücken eines dieser elefantengroßen, fischköpfigen Ungeheuer.

»Das sieht ja fast aus wie eine Szene aus *Herr der Ringe*!«, sagte sie.

»Das war auch mein erster Gedanke«, stimmte Nelson zu, der sich nun ins Gespräch einschaltete. »Daisuke hat gesagt, ihr hattet mit diesen Ungeheuern schon zu tun?«

Lea nickte. »Ja, wir hatten sie mit den unsichtbaren Schutzschilden, die wir mit unseren Anzügen erzeugen können, kurzzeitig in Schach gehalten. Danach sind sie abgezogen. Aber wenn es dermaßen viele sind, wird das so nicht möglich sein.«

»Wozu sind die Viecher so imstande?«, wollte Nelson wissen.

»So genau weiß ich das nicht«, räumte Lea ein. »Aufgrund ihrer Größe und ihres enormen Gewichts sind sie natürlich sehr stark. Und sie sind ziemlich schnell. Wir konnten ihnen einmal nur knapp mit dem Rover entkommen. Ich denke, sie bringen es locker auf dreißig bis vierzig Stundenkilometer. Mit den Elektroschockern in unseren Raumanzügen kann man sie bis zu fünfundvierzig Minuten außer Gefecht setzen. Danach wachen sie aber wieder auf.«

»Elektroschocker!«, rief Nelson. »Fantastisch!«

»Du willst alle Spacekids zusammentrommeln, damit wir sie mit unseren Elektroschockern betäuben?«, fragte Lea. Sie wusste, dass das keine Lösung des Problems war.

Nelson schüttelte den Kopf.

»Nein!«, sagte er. »Das ist nicht wirksam genug. Sieh doch mal, sie greifen gar nicht an. Sie warten.«

»Aber worauf?«, fragte Lea.

»Darauf, dass die Felder abgebrannt sind«, lautete Nelsons Vermutung. »Im Moment brauchen sie ja gar nichts zu tun, weil unsere Androiden nichts weiter machen können, als Öl ins Feuer zu gießen – buchstäblich sozusagen. Sobald frischer Wassernachschub kommt, werden die Venomier angreifen oder irgendwie versuchen, die Löscharbeiten zu sabotieren. Gegen unsere Spaceshuttles werden sie zwar vermutlich nichts ausrichten können, die Frage ist nur, ob das Wasser, das wir so ranschaffen, reichen wird? Ich glaube, die Venomier und die Ungeheuer bewachen den Brand, damit wir ihn nicht löschen. Das heißt, sie werden einfach so stehen bleiben, abwarten und gegebenenfalls reagieren.«

»Okay«, sagte Lea, die allmählich ungeduldig wurde. Es wurde Zeit, dass Nelson zum Kern seiner Idee kam.

»Wir bauen eine Elektrofalle!«, schlug Nelson vor.

»Eine was?«, fragte Daisuke dazwischen. »Wie soll das denn funktionieren?«

»Wie, ein einfaches Fangnetz«, erklärte Nelson, »nur riesengroß und nicht aus Gewebe, sondern aus Laserstrahlen.«

»Aus ...«, stammelte Lea. »Und wie ... wo ... woher nehmen wir die?«

»Aus unseren Raumschiffen, und zusätzlich nutzen wir die Elektroschocker aus unseren Anzügen.«

Nelson zog einen Stift aus seinem Overall und begann, seinen Plan einfach auf die Tischplatte zu skizzieren. Wenige Sekunden später hatte er die Venomier auf den Ungetümen, das brennende Feld, die Androiden und den Dschungel aufgezeichnet.

»Wir postieren uns hier, hier und hier ...« Er tippte mit dem Zeigefinger auf die Zeichnung. »Und die Raumschiffe da und dort, die Spaceshuttles kommen hierhin und dahin. Wenn wir alle Laserwaffen gleichzeitig aktivieren, entsteht ein Netz, das wir gewissermaßen über die gesamte Venomierkette werfen können – mit einer Voltzahl, die zehntausendmal höher ist als die unserer Elektroschocker. Das haut selbst den stärksten Fischkopf um.«

Nelson beendete die Erläuterung seines Plans mit einem siegesgewissen Lächeln.

»Okay«, sagte Lea. »Könnte klappen. Die Spaceshuttles sind ja ohnehin schon unterwegs. Perry soll sofort unser Raumschiff starten. Kann Aaron eures fliegen?«

»Klar!«, sagte Nelson und gab Aaron sofort Bescheid.

»Schalte eine Videokonferenz, um allen deinen Plan mitzuteilen, Nelson. Daisuke, kannst du die verbliebenen Leute zusammentrommeln und mit ihnen den Angriff vom Boden aus vorbereiten? Und lass dich von Aafje beraten – sie ist ausgebildete Kämpferin und weiß vermutlich am besten, wie wir uns diesen Ungetümen nähern sollten. Ich schlage vor, Nelson und ich bleiben hier, um die Aktion zu koordinieren. Und Specht soll in die Luft aufsteigen und als Drohne einen Überblick über das Kampfgeschehen geben.«

»Okay!«, sagte Daisuke und machte sich zusammen mit Aafje sofort auf den Weg.

Lea hielt neben der Skizze von Nelson noch mal schnell die Aufteilung schriftlich fest:

Trang und Malika flogen die zwei Spaceshuttles.

Perry und Aaron steuerten die Raumschiffe.

Daisuke und Aafje führten die Bodentruppe an, der sich Marvin, Marashi, Xiaomeng und Chi anschließen sollten.

Nelson und sie blieben hier, ebenso wie Zuko, der Computerspezialist. Emily versuchte mit VIUA möglichst schnell eine Lösung für das Problem mit dem verunreinigten Wasser zu finden.

»Okay, Leute!«, rief Lea. »Alle auf ihre Posten.«

Sie überlegte, wie schnell Perry und Aaron die Raumschiffe in Gang kriegen konnten. Dann verkündete sie: »Angriff erfolgt in exakt zehn Minuten.«

Hoffentlich würden sich die Venomier auf den Ungetümen bis dahin nicht von ihrem jetzigen Standort fortbewegen. Doch dazu hatten sie eigentlich keinen Grund. Was sie anging, lief die Sache doch bestens: Die Felder brannten und konnten momentan auch nicht gelöscht werden. Das Wasser in den vier Teichen war unbrauchbar und neues noch nicht zur Stelle. Lediglich die zwei Spaceshuttles waren mit einer Ladung Wasser im Anflug, das sie aus dem nahe gelegenen Meer gesogen hatten.

»Hier *Spaceshuttle One*«, meldete Malika. »Bereit zum Löschen. Erbitte Anweisung!«

Der gleiche Funkspruch kam aus *Spaceshuttle Two* von Trang.

»Sehr gut«, antwortete Lea. »*Spaceshuttle One* überfliegt das Feld aus östlicher Richtung, *Spaceshuttle Two* aus westlicher.«

Specht war bereits über dem brennenden Feld angelangt und gab ihnen von oben einen guten Überblick. Zuko hatte ihnen das Bild in Landkartenperspektive auf den großen Bildschirm gespielt.

»Löscht von beiden Seiten aus und fliegt dann weiter Richtung Süden zurück zum Meer. Aber nur dem Anschein nach. Dreht nach drei Kilometern über dem Dschungel ab und haltet euch dort gefechtsbereit. Angriff erfolgt in nunmehr genau fünf Minuten und einundzwanzig Sekunden.«

»Roger! Verstanden!«, sagten Malika und Trang.

»*Kids' Settlement One* gestartet«, meldete nun Perry.

Und auch die *Wanaohama ndege* erhob sich in die Lüfte.

»Okay, die Spaceshuttles kommen aus Osten und Westen«, teilte Nelson ihnen mit. »Ihr nähert euch von Norden, die *Kids' Settlement One* muss von Süden kommen. So kesseln wir sie von allen vier Seiten ein und können das Lasernetz über sie werfen. Daisuke und seine Leute ergänzen und verdichten es dann vom Boden aus.«

»Countdown in drei Minuten und zweiundvierzig Sekunden!«, gab Lea bekannt.

Sie und Nelson beobachteten am Bildschirm, wie alle Spacekids ihre Positionen einnahmen. Die Reihe der berittenen Venomier bewegte sich nicht. Doch dann entdeckten die Außerirdischen, dass Daisuke und seine Leute anrückten. Daraufhin trat jedes dritte Ungetüm aus der Reihe hervor und bildete eine zweite Verteidigungslinie.

»Achtung!«, warnte Nelson. »Die Reihen dürfen nicht zu sehr auseinanderfallen, sonst können wir das Lasernetz nicht mehr platzieren.«

»Was sollen wir tun?«, fragte Daisuke.

»Stehen bleiben und warten«, lautete Leas Vorschlag. »Dann werden auch die Venomier abwarten, was passiert. Aber ehe sie merken, was ihr vorhabt, wird es zu spät sein.«

Sie sah, wie Daisuke und die anderen stehen blieben und sich ihrerseits in Kettenformation aufstellten.

»Sehr gut!«, lobte Lea.

»*Kids' Settlement One* in Position«, hörte sie Perry.

»*Wanaohama ndege* in Position«, sagte auch Aaron.

»*Spaceshuttle One* bereit«, erklärte Malika.

Und zuletzt kam Trang: »*Spaceshuttle Two* hat Zielort erreicht und ist einsatzbereit.«

»Fünf, vier, drei ...«, begann Lea den Countdown herunterzuzählen. »Zwei, eins, Feuer!«

Das Netz aus Laserstrahlen, das die Spacekids über die Ungetüme warfen, leuchtete so grell, dass Lea und Nelson sich schützend die Hände vor die Augen legen mussten, obwohl sie das Ganze nur am Bildschirm und nicht live miterlebten. Niemals hätte Lea gedacht, dass der Angriff eine solche Strahlkraft entwickeln würde, sonst hätte sie sich eine Schutzbrille bereitgelegt. Nelson dagegen hatte anscheinend damit gerechnet. Er trug einen Augenschutz mit dunklen Gläsern wie bei einer Schweißermaske. Erst jetzt sah er, dass Leas nichts Derartiges zur Hand hatte.

»Mann, bist du irre!«, rief er entsetzt. Schnell packte er sie an den Schultern und drehte sie mit dem Rücken zum Monitor.

Sie hörten das schrille Fiepen der Ungetüme sowie Schreie und Flüche der Venomier, die verzweifelte Verteidigungsversuche unternahmen. Hier und da blitzte es blau in dem grell pink-violett-grün flimmernden Lasernetz auf. Mit welchen Waffen sich die Venomier da versuchten zur Wehr zu setzen, war nicht erkennbar, aber offenbar zeigten sie keine große Wirkung. Der Angriff der Spacekids war für die Außerirdischen wohl viel zu überraschend gekommen.

Das blaue Blitzen wurde immer schwächer und hörte schließlich ganz auf.

»Okay!«, rief Nelson nach genau dreißig Sekunden mit Blick auf seine Ärmel-Stoppuhr. »Feuer einstellen! Lagebericht!«

»Es stinkt furchtbar nach verbranntem Fleisch«, jammerte Xiaomeng. »Uäh, mir wird schlecht.«

Daisuke schwenkte mit der Kamera auf das Schlachtfeld und Lea und Nelson empfingen im Saloon die Bilder. Überall lagen verendete Ungetüme am Boden, nur ein paar schleppten sich schwer verbrannt zurück in den Dschungel. Das Feld glich einer Kraterlandschaft mit unzähligen Glutnestern und qualmenden Brandstreifen. Pflanzen und Erde waren schwarz verkohlt.

Aber wo waren die Venomier?

Man sah einzelne, die ins schützende Dickicht des Urwalds taumelten. Offenbar hatten sie Verbrennungen erlitten. Aber wo war der Rest? Es waren doch mehr als hundert Venomier gewesen!

»In der Erde!«, rief Lea.

»Was?«, fragte Nelson verblüfft.

»Vermutlich haben sich die meisten von ihnen in die Erde verkrochen, genau wie bei uns zu Hause im Strandbad«, erklärte sie.

»Na schön!«, entgegnete Nelson. »Dann fangen wir halt an, auch unterirdisch nach ihrem Nest zu suchen.«

»Ja«, sagte Lea. »Aber zumindest konnten wir fürs Erste ihren massiven Angriff gegen uns erfolgreich abwehren, so wie's aussieht.«

»Sehr erfolgreich«, bekräftigte Nelson, nachdem alle reihum Bericht erstattet hatten.

»Trang und Malika?« Lea stürzte sich sofort auf die nächste Aufgabe, die es zu bewältigen galt. »Fliegt los und holt mehr Löschwasser aus dem Meer. Das Feuer auf den Feldern schwelt ja immer noch.«

»Aye, aye, Captain!«, antworteten die beiden und machten sich auf den Weg.

»Perry und Aaron? Vielen Dank. Ihr könnt die Raumschiffe jetzt wieder zum Weltraumbahnhof zurückbringen.«

»Verstanden!«, meldete Perry.

»Daisuke? Schaut euch vor Ort noch ein wenig um. Aber seid vorsichtig! Womöglich liegen noch einzelne Venomier irgendwo auf der Lauer.«

»Wird gemacht«, versprach Daisuke.

Dann folgte eine weitere Erfolgsmeldung:

»Wir haben's!«, rief Emily über Funk.

»Ihr habt was?«, fragte Lea nach.

»Na, das Mittel, mit dem wir das Wasser reinigen

können!«, erklärte Emily. »Wir haben Zelva und Licko zurate gezogen. Ich muss schon sagen, die beiden kennen sich mit Wasser wirklich gut aus! Sie haben Mikroben identifiziert, die in der Lage sind, das benzinähnliche Gemisch aus dem Wasser herauszufressen. Das dauert zwar eine Weile, sodass das Wasser nach wie vor nicht zum Löschen benutzt werden kann, aber immerhin ist nun sichergestellt, dass sich unsere vier Teiche vollständig regenerieren können.«

»Na, das ist doch mal eine tolle Nachricht«, freute sich Lea.

»Ja«, mischte sich nun auch VIUA ein. »Die jedoch gleich wieder relativiert werden muss.«

»Wieso das denn?«, fragte Lea.

»Nach meiner ersten Analyse wurden neunzig Prozent der Ernte vernichtet. Gemäß Berechnung gibt es auf Kids' Planet noch Vorräte für fünfundsechzig Tage. Nimmt man die Möglichkeit hinzu, in freier Wildbahn verwertbare Nahrung zu finden oder zu jagen, sind einschließlich dessen, was von der Ernte noch übrig ist, Lebensmittel für etwa hundert Tage vorhanden. Danach droht eine Hungersnot.«

»Na prima!« Lea machte ein missmutiges Gesicht.

»Und was heißt das im Klartext?«, fragte Nelson.

»Ein Teil von uns sollte hier schleunigst weitere Nahrungsquellen auftun. Außerdem muss eine Spacekids-Abordnung zurück zur Erde reisen, um neue Vorräte zu holen«, sagte Lea. »Oder kommen in Kürze die amerikanischen und australischen Spacekids?«, fragte sie an VIUA gewandt.

»Schon«, antwortete VIUA. »Aber die können euch nicht helfen. Und Androiden von der Weltraumzentrale zu entsenden, ist erheblich aufwendiger, als eine kleine Abordnung von euch zu schicken. Du hast also recht, Lea, die Weltraumzentrale schlägt vor, dass die Besatzung der Kids' Settlement One in drei Tagen aufbricht.«

Lea verzog die Mundwinkel. Genau so, wie sie es sich gedacht hatte. Sie betätigte einen Sensor an ihrem Ärmel: »Emily, Perry, Marvin, könnt ihr mich hören?«

»Ja«, meldeten sich alle drei.

»Was gibt's?«, fragte Perry.

»Vermutlich hattet ihr vor, es euch als Nächstes hier richtig gemütlich zu machen?«

»Ja«, antwortete Perry, »und ...«

»Vergesst es! Es gibt ein Problem«, erklärte Lea in ruhigem Ton. »Wir müssen zurück auf die Erde. Ein neues Abenteuer wartet auf uns!«

PERRY

ALTER 12

GRÖßE 154 cm

49 KG

INTERESSEN:
Astronomie, Science-Fiction, Mathematik, Physik

LIEBLINGSSPORT:
Tischtennis, Schach, Schwimmen, Achterbahn fahren

LIEBLINGSFARBE: matt-schwarz
LIEBLINGSMUSIK: Hard Rock, Heavy Metal
LIEBLINGSFILM: Star Wars, Star Trek
LIEBLINGSTIER: schwarzer Panther

EIGENSCHAFTEN:
eher zurückhaltend, nachdenklich, analysierend

LEA

ALTER 13

GRÖßE 162 cm

53 KG

INTERESSEN:
wechselt, derzeit Tierärztin in Afrika

LIEBLINGSSPORT:
Schwimmen, Laufen, Volleyball

LIEBLINGSFARBE: grell-bunt
LIEBLINGSMUSIK: im Moment afrikanische Musik und Gospel
LIEBLINGSFILM: Afrika - Das magische Königreich
LIEBLINGSTIER: Kim und Kim, ihre beiden Eidechsen

EIGENSCHAFTEN:
absoluter Wirbelwind, neugierig, will alles sofort ausprobieren